W0373764

INTERNATIONAL GUY

#1 PARIS

Ce livre est une fiction. Toute référence à des évènements historiques, des personnages ou des lieux réels serait utilisée de façon fictive. Les autres noms, personnages, lieux et évènements sont issus de l'imagination de l'auteur, et toute ressemblance avec des personnages vivants ou ayant existé serait totalement fortuite.

Tous droits réservés, y compris le droit de reproduction de ce livre ou de quelque citation que ce soit, sous n'importe quelle forme.

Copyright © 2018 by Audrey Carlan All rights reserved

Première publication Montlake Romance, Seattle

www.apub.com

Amazon, the Amazon logo, and Montlake Romance sont des marques de Amazon.com, Inc.

Collection créée par Hugues de Saint Vincent
Ouvrage dirigé par Bénita Rolland
Traduit par Lucie Marcusse
Photo de couverture © GettyImages
Couverture : Raphaëlle Faguer

© 2018, Hugo Roman, département de Hugo Publishing
34-36, rue La Pérouse
75116 - Paris
www.hugoetcie.fr

ISBN : 9782755637717
Dépôt légal : juillet 2018
Imprimé en France par Corlet
N° d'imprimeur : 195569

NEW ROMANCE®

AUDREY
CARLAN

INTERNATIONAL GUY
#1 PARIS

Roman

Traduit de l'américain
par Lucie Marcusse

À toute l'équipe de Hugo&Cie
et tout particulièrement à Hugues de Saint Vincent,
l'heureux chef de file de la New Romance,
et à ma ravissante éditrice Bénita Rolland.
Merci pour ce magnifique cadeau,
Paris, qui restera la ville que je préfère au monde.
Ce roman est pour vous.
Je vous adore tous les deux.
Avec toute mon amitié.

CHAPITRE 1

J'aime les femmes. Jeunes. Âgées. Petites ou grandes. De la geek studieuse à la bombe sexuelle, je ne suis pas difficile. Qu'elles soient grandes, minces ou pulpeuses... je les ai toutes essayées. J'ai touché, dragué, embrassé et couché avec tous les genres possibles et imaginables. Il paraît qu'on a tous, sur terre, un don, quelque chose d'unique. Le mien, c'est de comprendre les femmes. Je m'appelle Parker Ellis et je suis un sacré veinard.

Avoir la chance de mettre à profit mon talent est la plus belle des récompenses. Pouvoir se consacrer nuit et jour à quelque chose que l'on adore n'est pas courant. C'est plutôt le contraire. En ce qui me concerne, j'ai mis un point d'honneur à ne jamais faire ce que je n'aimais pas. Et moi, j'adore les femmes. Toutes les femmes.

J'ai découvert qu'elles sont des créatures complexes, difficiles à cerner, et qu'il n'y en a pas deux qui se ressemblent. C'est pourquoi j'ai créé *International Guy Inc.* Dans le monde, nombreuses sont les femmes qui ont besoin d'un homme sûr de lui, solide et doté d'une grande attention pour leur venir en aide. Un homme comme moi.

Je suis le *Dream Maker*.

Vous avez un rêve et assez d'argent pour le concrétiser ? Alors, on peut discuter. Quand on a de l'argent, tout est possible. Je suis le mec qui vous aide à réaliser vos rêves.

Chez *International Guy Inc.*, on répond aux besoins de nos clientes. Aucune demande n'est trop bizarre ou trop compliquée. Tant que ce n'est pas illégal... on s'en occupe.

Commençons par mon équipe. On dit qu'il faut tout un village pour élever un enfant ; pour *International Guy*, il y a besoin de moi et de deux autres gars : Bogart « Bo » Montgomery et Royce Sterling. Je les connais depuis ma première année de fac à Harvard. Nous formons un trio gagnant.

J'ai su assez tôt que je voulais réussir dans la vie. Mon père m'a appris que pour avoir du succès en affaires et bien gagner sa vie, il fallait travailler à l'école. Il était barman, ma mère bibliothécaire ; évidemment, j'aspirais à plus. En matière d'amour et de soutien parental, j'ai été comblé : bien élevé, bien nourri, je ne manquais pas de vêtements ni de chaussures. En revanche, ma famille ne roulait pas sur l'or. Et les petits plaisirs étaient rares.

J'ai grandi dans la banlieue de Boston, la ville des Red Sox et des Patriots. Nous vivions dans une petite maison en briques. Minuscule, même. Il n'y avait que deux chambres. Toute mon enfance, j'ai partagé ma chambre avec mon frère. Ma mère disait que ça nous rapprochait. Pas sûr. Dès que mon frère a terminé le lycée, il s'est engagé dans l'armée. Depuis, il fait carrière comme militaire. Nous sommes proches comme des frères séparés par un continent peuvent l'être.

Rien à voir, donc, avec ce qui me lie à Bo et Royce. Je sacrifierais ma vie pour ces deux-là, et vice versa. Notre relation repose sur une sincère amitié, du travail acharné et de la solidarité. Pour pouvoir rester amis toute la vie, il nous fallait désirer les mêmes choses :

Les femmes.

L'argent.

Le pouvoir.

Nous avons quelques règles à respecter, en amitié comme en affaires : ne jamais perdre de vue les intérêts des autres, toujours favoriser l'honnêteté et ne jamais coucher avec la même femme. Jamais.

Cela fait presque cinq ans que notre entreprise est en activité, et des contrats de plus en plus importants tombent chaque jour. Notre mode de fonctionnement est simple : nous diviser pour surmonter les défis. Quand c'est nécessaire, nous joignons nos forces. En fonction des besoins de nos clientes, nous envoyons l'homme le plus adapté.

Bo est notre *Love Maker*. Non seulement la plupart de nos clientes tombent raides dingues de lui mais il sait surtout les aider à trouver l'amour. Son expertise dans le domaine de la séduction est sans égale. Royce et moi nous défendons, mais Bogart se place à un tout autre niveau. Il a des dons à revendre. Si une cliente veut gagner en sex-appeal, on appelle Bo. Si elle a besoin d'un trophée à son bras pour briller en société ou remporter un contrat, idem. Bo est un caméléon ; il peut être tout ce qu'une femme désire.

Ensuite, il y a Royce, le *Money Maker*. Tout ce qu'il touche se transforme en or. Il perçoit tout sous forme de chiffres, de mutations financières, d'actions en Bourse, de multinationales, comme il lirait l'alphabet. Grâce à Roy, nous sommes devenus riches très tôt et avons connu une belle consécration financière, moins de dix ans après notre sortie de la fac. Si une cliente a des problèmes d'argent, des doutes sur ses placements ou sur son modèle de gestion ? On envoie Roy.

Et moi ? Je suis un peu le mélange des deux. Cependant, je suis le seul à savoir parfaitement déchiffrer une femme. À deviner ce qui la fait chavirer, à déceler le véritable besoin qui se cache derrière ses requêtes. Parfois, des femmes font appel à nos services de love-coach, seulement elles sont déjà intéressées par un homme et souhaitent simplement qu'il se passe quelque chose. Qu'il la remarque. Elles veulent attirer son regard. Elles n'ont quelquefois pas assez confiance en elles. Ou bien elles cherchent tout bêtement à se trouver un homme. Mon boulot, c'est d'aller au cœur de ce que les femmes veulent vraiment.

Quand Bo, Royce et moi avons lancé notre affaire après avoir obtenu nos diplômes à Harvard, nous avons chacun investi toutes nos économies. J'ai proposé le business plan, le concept et le thème. Nous nous sommes ensuite mis d'accord pour que j'aie un pour cent supplémentaire de part de la société. Trente-quatre pour cent pour moi au lieu des trente-trois pour cent qui leur reviennent à chacun. C'est donc moi le chef. J'établis le premier contact avec chaque cliente, je dirige les opérations au quotidien et voyage presque autant qu'eux. Au fil des années, notre activité est devenue une machine bien rodée. Il n'y a rien de mieux que d'être maître de son propre destin. Grâce à *International Guy*, nous accomplissons ce rêve.

◆◆◆

Les lumières vert fluo sous les auvents du bar de mon père donnent au trottoir une étrange lueur. Je contourne le bâtiment en direction de l'entrée. Je lui ai souvent demandé de changer l'éclairage, mais il y a toujours été fermement opposé. Il dit que ça donne à l'endroit un côté mystérieux. Pourtant, *Lucky's* n'a pas besoin de mystère. Ce bar existe depuis cinquante ans et attire une importante clientèle locale, toujours fidèle, qui va des hommes d'affaires en costume aux ouvriers du coin coiffés de la casquette des Red Sox. C'est ma deuxième maison depuis que je sais marcher. Mon père m'y emmenait chaque jour après l'école. Il me posait sur un tabouret et me parlait de la vie. C'est là que je faisais mes devoirs jusqu'à ce que ma mère sorte du travail.

Dès que j'ai pu mettre la main à la pâte, il m'a fait laver les verres, nettoyer les tables, balayer le trottoir et sortir les poubelles. Je n'ai jamais rechigné à aider, surtout qu'il me donnait un peu d'argent de poche que je dépensais avec des filles.

Après la famille, ce bar est ce qui compte le plus pour mon père. C'est donc le premier bien que j'ai acquis dès qu'*International Guy* a commencé à dégager des bénéfices. Le jour où j'ai eu assez d'argent pour acheter le *Lucky's* et le mettre au nom de mon père restera l'un des plus beaux de ma vie. Je ne l'oublierai jamais. Mon père a toujours été un homme fier, mais il n'a jamais semblé aussi heureux que quand je lui ai donné l'acte de propriété, en bonne et due forme, dont il rêvait.

Il n'était pas fier de ce que je lui offrais mais de ce que j'avais accompli. J'avais terminé le lycée major de ma promotion et joueur de base-ball vedette, puis j'avais obtenu une bourse complète pour Harvard, décroché ma licence avec les félicitations du jury et lancé mon affaire. Enfin, j'avais pu être généreux. Envers mon père. Cet homme que j'admirerai éternellement. Il aurait pu refuser et m'envoyer paître, mais il a accepté ce qui lui était offert, avec honneur et amour. Mon père a fait de moi l'homme que je suis devenu.

C'est désormais toujours au *Lucky's* que les gars et moi terminons nos missions, autour de pintes de bière fraîche et de cacahuètes, ou, les grands jours, de *fish and chips* et de grandes quantités de vodka. Tout dépend du jour et du contrat. Ce soir, je leur annonce que j'ai tiré le gros lot : la cliente la plus intéressante qu'on ait eue jusque-là. Ce boulot va nous faire gagner l'équivalent d'un mois de services en un seul contrat. Mais il y a un prix à payer : notre disponibilité devra être illimitée. Ce n'est pas quelque chose qu'on a l'habitude de proposer.

J'ai un frisson quand je tire sur la poignée en fer forgé de la lourde porte en bois du *Lucky's*. C'est un mardi et il n'est que dix-neuf heures, mais le bar est déjà bondé. Je parcours la pièce des yeux, les poutres sombres, les banquettes avec leur haut dossier le long du mur, les cloisons de séparation des box à vitrail et la série de tables rondes au centre. Le soir, le bar de mon père propose quelques plats de pubs qui accompagnent parfaitement les bières ou encore un match des Red Sox ou des Patriots.

Mon père se trouve derrière le comptoir, il porte comme toujours une chemise à carreaux – cette fois elle est bleue – par-dessus un T-shirt blanc, un torchon posé sur l'épaule. Il lève la tête, un sourire aux lèvres. À cinquante-cinq ans, il a vraiment belle allure avec sa chevelure poivre et sel. Il m'adresse un sourire éclatant, celui qui fait revenir les clients et qui les encourage à écouter ses conseils. Il n'est pas rare qu'un barman serve de psy. Souvent, mon père plaisante en disant qu'il s'est trompé de métier.

Je lui fais un signe de la main et me dirige vers notre table habituelle, au fond de la salle. Depuis que mon père possède le bar, il réserve toujours une table à la famille. C'est là qu'il prend sa pause ou que ma mère vient lire quand elle veut être avec lui sans être dans ses pattes. C'est là aussi que nous décompressons, mes « frères d'autres mères » et moi, après une longue semaine ou une mission difficile.

– Salut, Park. Ça roule, frangin ? lance Bo à mon arrivée.

Il porte sa fameuse veste en cuir noir sur un T-shirt moulant, un jean sombre et des bottes de moto.

– Impeccable.

Royce se lève et sa peau sombre brille dans la lumière. Il avance la main et je distingue un bouton de manchette en onyx noir qui dépasse de la manche de son costume sur-mesure.

– Salut, frérot, dit-il avec un grand sourire.

Je lui serre la main puis je lui tapote le dos, en guise de salutation.

À peine suis-je assis que mon père vient poser une pinte devant moi.

– Sculpin IPA, de Ballast Point, vers San Diego. Je fais venir des nouveautés pour vous, les gars. Ce n'est pas une bière locale mais, si tu veux mon avis, elle n'est pas mal du tout. Tu me diras ce que tu en penses.

– Compte sur moi. Merci, papa.

– Avec plaisir. Je vous sers un autre verre, les mecs ?

– C'est bon pour moi, dit Bo, le verre à moitié plein.

– Je veux bien un autre whisky sec, Monsieur, répond Roy.

Mon père opine du chef et s'éloigne vers d'autres tables.

– Alors, qui est cette cliente top secret dont tu voulais nous parler ? demande Bo, sans détour.

J'avale une gorgée de bière glacée, prenant le temps de savourer les arômes d'agrumes qui envahissent mon palais, avant d'humecter mes lèvres et de pousser un soupir. Je sens que je relâche la pression de la journée, réconforté d'être à la maison.

– J'ai reçu l'appel d'une héritière aujourd'hui.

Bo fait tourner sa bouteille.

– Quoi ?

– Sophie Rolland m'a appelé.

Royce laisse échapper un sifflement.

– Mince alors. La *fameuse* Sophie Rolland ?

Je hoche la tête et reprends une gorgée d'IPA bien fraîche.

– Mais c'est qui, cette Sophie Rolland ? demande Bo d'un air renfrogné.

Bo a un côté sévère qui fait craquer les filles mais qui peut aussi être fatigant pour les autres, surtout quand il n'est pas dans le coup.

Royce fronce un fin sourcil noir et se tourne vers notre associé.

– Sophie Rolland est l'héritière du groupe Rolland, un empire du parfum. Ils détiennent la plus grande firme française. Aux dernières nouvelles, sa fortune est estimée à des millions de dollars. J'aurais besoin de faire quelques recherches pour connaître les chiffres exacts.

– En quoi ça nous concerne ? lance Bo.

– Le père est mort brutalement d'une crise cardiaque, dis-je tranquillement.

Comme je ne le connaissais pas, la nouvelle ne m'a pas vraiment affligé.

– Ah bon ? Nom de Dieu... s'exclame Royce en écarquillant les yeux et en levant son whisky en l'air avant de lancer un « *Salud !* » et de vider son verre d'un trait.

Je le reconnais bien là.

– Comme tu dis.

– Qu'est-ce que j'ai raté ? Ça vous dérangerait de me mettre au parfum ? râle Bo, visiblement agacé par notre petit jeu.

– Sophie Rolland est la nouvelle patronne du groupe.

Je sirote ma bière en attendant que ça fasse tilt.

– Et elle ne sait absolument pas faire la différence entre un parfum, une fleur et ses fesses ? hasarde Bo.

Roy et moi éclatons de rire.

– Pas tout à fait. Apparemment, le parfum, c'est son truc. Elle a hérité du savoir-faire familial. En revanche, jouer son rôle de PDG, diriger une entreprise et être crédible... c'est un domaine qu'elle ne maîtrise pas très bien.

Je lève mon verre en direction de Roy, tout sourires.

– Je vois. Et qui d'autre que nous pour la préparer à prendre la tête du groupe ? lance Royce avec malice.

– Ah, là, je te suis, dit Bo en souriant.

Mon père apporte un verre à Royce et une bouteille à Bo, qui réfléchit déjà à la suite.

– Alors, cette IPA ?

– Très bonne. Rafraîchissante, vive. Je pense qu'elle va faire des adeptes.

Il frappe sur la table.

– C'est ce que je voulais entendre. Merci, fiston.

Il s'éloigne pour servir d'autres clients.

– C'est quoi la mise ? demande Bo.

La mise correspond à la somme d'argent initiale que propose une cliente pour nos services. Un premier chiffre que nous évaluons, puis augmentons si nécessaire. Celle de Sophie est déjà très élevée.

– Entre un quart et un demi-million de dollars, selon le temps où elle aura besoin de nous, dis-je l'air de rien, alors que j'ai une boule dans le ventre. Elle se charge aussi de tout le reste : billets d'avion, repas, consultants extérieurs, relooking, etc.

Le silence se fait dans le petit box ; on n'entend plus que nos respirations.

Royce, comme toujours, parle le premier.

– Tu penses envoyer qui ? Quel est le besoin ?

– Pour cette somme, on y va tous. Tu t'occuperas de ses finances et des informations relatives à son entreprise le moment venu. Bo utilisera ses talents pour sa garde-robe et son sex-appeal. Et moi, je tenterai de booster sa confiance en elle et son sens des affaires.

Bo tire sur les petits poils de son bouc. En ce moment, il a les cheveux courts sur les côtés et plus longs sur le dessus. Les miens, châtain clair, sont coupés en dégradés effilés que je structure avec un peu de gel. Les femmes me font toujours des compliments sur ma coiffure et j'aime quand elles s'y accrochent et l'empoignent pendant que je leur fais une gâterie.

Je reprends une gorgée en attendant l'avis de Bo. Il sort son téléphone et tape quelque chose. Il plisse les yeux et fait défiler des images sur son écran.

– Ouais, elle est jolie, mais quelconque. La plupart des photos datent de son adolescence. Elle aurait vingt-quatre ans, elle vient de terminer ses études.

– Non seulement elle vient de perdre le seul parent qui l'a élevée mais, en plus, elle doit reprendre une entreprise.

Par-dessus son épaule, je jette un coup d'œil aux photos de notre cliente. Grande et mince, elle se tient à côté de son père à l'occasion d'une conférence de presse. Elle est vêtue d'une robe noire, elle ne porte pas de maquillage et ses cheveux lisses sont séparés par une raie au milieu. Sous cette apparence banale se cache un véritable canon, j'en suis certain. Vu la façon dont Bo incline la tête en l'évaluant, comme il le fait avec les modèles qu'il photographie, je suis certain qu'il a le même ressenti. Ensemble, nous trouverons le moyen de révéler sa beauté.

– Elle pourrait se contenter de passer le relais au directeur financier, dit Royce en tapotant le haut de son verre avec son index.

– Oui, mais au téléphone, j'ai senti qu'elle avait toujours eu l'intention de reprendre l'affaire familiale et qu'elle compte désormais montrer au monde ce qu'elle vaut. C'est la cliente parfaite : de l'argent qui coule à flots, une beauté cachée sous des fringues ternes et une entreprise extrêmement performante. Elle a juste besoin d'un coup de pouce de notre part pour atteindre son objectif.

Je pose mon poing au milieu de la table.

– Qu'est-ce que vous en dites ? On s'attaque à Paris ou pas ?

– C'est là qu'on va ? demande Royce.

– Ouais, dis-je en souriant.

Bo lève son poing et touche le mien.

– Pour une somme pareille, on s'attaque à tout, lâche-t-il en riant.

– Pourquoi pas ? Ça fait un moment que j'ai envie d'une Porsche 911 cabriolet. Grâce à cette mission je pourrai m'offrir ma petite chérie métallisée, dit-il en embrassant son poing.

Je lève les yeux au ciel et Bo pousse un grognement.

– Toi et tes bagnoles... Bon, lève le poing si t'en es.

Royce lève la main, et nos trois poings s'entrechoquent.

– À Paris ! je lance.

– À Paris ! répondent-ils en chœur.

♦ ♦ ♦

Paris est magnifique au printemps. Et ce n'est pas un cliché. Les cerisiers du Japon sont en fleurs, la Seine grouille de bateaux et, partout, les femmes portent des robes ou des jupes. C'est ce que je préfère, voir des jambes libérées des pantalons de l'hiver, un buffet à volonté de peaux soyeuses que je m'imagine embrasser et caresser.

– Regardez, la tour Eiffel ! s'extasie Bo en la montrant du doigt à travers la fenêtre de la limousine qui nous a récupérés à notre hôtel.

Sophie Rolland n'a pas lésiné sur les moyens. Sa société nous loge dans un hôtel cinq étoiles, nous disposons chacun d'une suite luxueuse, avec minibar approvisionné et cuisine équipée pour un séjour prolongé. Un tel niveau de service va rendre le retour difficile pour Bo. Nous sommes tous les trois célibataires par nature, mais Bo l'est à un tout autre niveau. Moi, j'aime revenir à la maison, passer du temps dans mon appartement, traîner avec mon père et m'improviser un match de base-ball avec des contacts professionnels. À l'inverse, Bo pourrait voyager toute sa vie dans le monde sans foyer digne de ce nom. Il a un appartement dans le même complexe que le mien, mais il n'y vit que très rarement.

– Elle est plus petite que ce que je pensais.

Royce regarde par la fenêtre opposée tandis que j'observe le paysage par la vitre teintée du milieu.

– Je la trouve plutôt grande. Robuste. Solide. Exactement comme je l'imaginais. Les Français sont très forts pour les beaux monuments. Il n'y a qu'à voir notre Statue de la Liberté ou le Christ Rédempteur au Brésil.

– C'est eux qui ont fait le Christ de Rio ? demande Bo en fronçant les sourcils.

– Ouais, j'ai appris ça en cours de communication internationale. Attends... mais tu suivais le même cours !

Bo sourit avec malice.

– Je m'intéressais beaucoup plus à Melissa Thompson et au temps qu'il me faudrait pour finir dans son lit qu'à l'architecture.

Royce lève une main en s'esclaffant.

– Dommage, tu as perdu ton temps. Moi, je me la suis tapée en moins de deux semaines après le début des cours. Elle faisait d'ailleurs partie du Top Cinq des filles avec qui je couchais régulièrement en deuxième année.

Bo me fusille du regard.

– Merde, c'est donc pour ça que je n'ai jamais réussi à l'avoir ? Cette fille était l'une des seules à me résister. Mon amour-propre a souffert avec elle !

Il fait la moue. Je comprends pourquoi les femmes tombent sous son charme, moi-même je me sens obligé de lui rendre son sourire. Il reprend :

– Tu aurais pu me dire que tu couchais avec elle !

Je secoue la tête.

– C'était bien plus drôle de te voir échouer à la draguer pendant tout un semestre. Considère ça comme un cadeau de ma part. Celui de l'humilité, frangin.

Bo émet un son, à mi-chemin entre le grognement et la toux.

– L'humilité. Pfff.

La voiture s'arrête brusquement devant un grand bâtiment. Nous sortons et sommes accueillis par une petite femme brune au carré court et au sourire franc.

– Monsieur Ellis ? demande-t-elle en s'adressant à nous.

Je lève la main et m'avance vers elle.

– *Bonjour**[1].

Elle rougit en m'embrassant sur les joues.

– Je suis Stéphanie Martin, l'assistante de Mademoiselle Rolland. Je suis à votre disposition afin de satisfaire tous vos besoins au cours de votre séjour.

Je passe un bras autour de ses épaules en inclinant la tête.

– Tous nos besoins ? je demande en lui faisant un clin d'œil.

Ses joues ont viré au rouge vif. Je serre ses épaules, puis je lui présente les gars.

– Je vous présente Bogart Montgomery et Royce Sterling.

– Enchantée. Je vous prie de me suivre, Mademoiselle Rolland est impatiente de faire votre connaissance.

Elle nous conduit à un ascenseur vitré au sommet d'un escalier, puis nous atteignons le huitième étage et traversons une série de couloirs. Elle frappe à une porte qui doit avoir plus d'un demi-siècle. Le bois grince lorsqu'elle pousse le battant.

Nous la suivons dans un bureau étonnamment grand. Une brune timide termine un appel téléphonique, puis elle contourne son bureau pour venir à notre rencontre. Elle porte une robe fourreau noir simple qu'on croirait achetée dans un bazar sans avoir été essayée, et arbore une coupe de cheveux qui ne lui va pas. Tout à coup, son talon se prend dans le tapis persan et, d'un mouvement désordonné des bras, elle perd l'équilibre.

Avec des réflexes de félin, je la rattrape par la main et l'attire contre ma poitrine pour l'empêcher de tomber.

---

1. Tous les mots suivis d'un astérisque sont en français dans le texte. (NdT, ainsi que pour les notes suivantes)

Je passe un bras autour de sa taille fine pour la remettre sur pied.

Elle affiche une moue délicate et laisse échapper un soupir. Ses yeux couleur chocolat me fixent avec candeur à travers de longs cils incroyablement épais. Son menton arrondi se marie parfaitement avec son long nez fin. Sophie Rolland ne porte pas une seule couche de maquillage et, pourtant, elle a le teint hâlé. Ses longs cheveux bruns sont coiffés avec une raie au milieu, ce qui lui donne un style plat et peu séduisant. Mais tout homme qui la regarderait de près s'apercevrait que cette femme est un vrai diamant brut.

Je lui souris, passe ma main sur sa nuque, dans ses cheveux épais, et soulève son visage de mon pouce pour qu'elle me regarde. Elle détourne timidement le regard. Elle dégage un parfum surprenant et délicieux. En me penchant sur elle, j'effleure sa peau du bout du nez en inhalant profondément pour saisir l'essence de sa fragrance. Je souffle contre sa peau ; je veux que mon appétit pour son odeur intègre profondément son subconscient.

Les femmes ne doivent pas oublier qu'elles détiennent toujours, dans leur façon de s'habiller, de se maquiller ou de se coiffer, le pouvoir de captiver un homme. C'est l'odeur de Sophie Rolland qui me rend dingue. Ma bouche salive, mais je m'interdis de goûter à sa peau sucrée. Alors, je m'écarte. Elle pousse un soupir et cligne des yeux, comme si elle était étourdie.

Derrière moi, Royce se met à tousser et Bo se racle la gorge. Mais je ne me retourne pas et, surtout, je ne la laisse pas s'éloigner. Cette fille est importante et cet instant l'est d'autant plus. Il détermine le reste du temps que nous passerons ensemble. J'ai le sentiment que d'ici peu, Sophie et moi entretiendrons bien plus qu'une relation professionnelle. Je pourrais parier tout l'argent de mon compte en banque là-dessus. Sauf qu'en attendant, nous avons du pain sur la planche.

Je la retiens fermement et fais en sorte qu'elle sente mon corps contre le sien, puis je porte le coup final.

– *Ma chérie**, vous êtes de toute évidence la femme la plus précieuse avec qui j'ai eu le plaisir de travailler. Je suis impatient de révéler le canon qui sommeille en vous.

CHAPITRE 2

Sophie fait un pas en arrière en se tordant les mains. J'esquisse un sourire en coin. D'autres zones de son corps sont peut-être encore plus moites que ses mains.

– Hum, merci. Je suppose que vous êtes Monsieur Ellis ? demande-t-elle en me faisant la bise puis elle ajoute : Et ces messieurs ?

Bo s'avance en bombant le torse. Plutôt que de lui serrer la main ou de lui faire la bise comme le font les Français, il se met à tourner autour de Sophie Rolland en se frottant le menton du bout des doigts et en l'évaluant du regard. Il examine son corps et ses vêtements avec l'expertise d'un photographe de talent. C'est un véritable artiste, dans son atelier comme ailleurs.

– Jambes longues et élégantes. Chaussures merdiques.

Son visage se tord et affiche une expression de dégoût.

– La robe a au moins deux tailles de trop. Je dirais que vous faites plutôt un six qu'un huit. Je me trompe ? demande-t-il avec nonchalance, en continuant de lui tourner autour.

Je vois les rouages de son cerveau qui s'activent à la recherche de la beauté cachée de Sophie. Il réfléchit à la manière dont il pourrait saisir cette beauté avec son appareil photo. Sophie fronce les sourcils.

– Je ne comprends pas de quoi vous parlez.

Sans doute parce qu'il a évoqué les tailles américaines et qu'elle ne porte que des tailles européennes. Bo ne lui répond pas, il se focalise sur son corps.

– De beaux cheveux, mais un dégradé ne serait pas de trop, peut-être même quelques mèches blondes pour leur donner plus d'éclat. Maquillage obligatoire. Vous ne vous maquillez jamais ?

Il s'arrête devant elle, prend son visage dans ses mains puis effleure ses joues, l'une après l'autre. Elle tremble à son contact. Pas étonnant. Bo fait toujours cet effet-là aux femmes.

Il poursuit.

– Superbe peau. Belle structure osseuse. Je connais des femmes qui tueraient pour avoir une si jolie peau de bébé. Une épilation des sourcils ne ferait pas de mal. Vous vous épilez ailleurs ?

Elle écarquille les yeux, fait quelques pas en arrière en trébuchant si bien que ses fesses atterrissent sur le bureau.

– *Mon Dieu**, lâche-t-elle, une main sur le cœur.

Je me rapproche et m'assieds tout près d'elle.

– Pas d'inquiétude à avoir, Sophie. N'oubliez pas que vous avez demandé un service complet. Bo, ici présent, est le spécialiste du look professionnel, mais toujours séduisant. Il modifiera votre garde-robe, vos cheveux, votre maquillage et tout ce qui lui paraîtra nécessaire. C'est un véritable maître en la matière. Grâce à lui, vous vous sentirez belle comme jamais.

– Vous pensez que j'ai besoin d'un relooking ?

Elle laisse glisser ses doigts délicats le long de son cou. Un geste discret et incroyablement sensuel dont elle n'a même pas conscience. Mon travail consiste justement à mettre ces aspects-là en évidence.

– Ça dépend. Vous voulez avoir la tête de l'emploi et ressembler à une PDG responsable et accomplie, ou vous préférez vous contenter de faire votre travail ? En affaires, on réussit en montrant l'exemple. Vos employés et vos contacts professionnels doivent vous percevoir comme quelqu'un de fort, sur qui compter. Mon équipe et moi pouvons en faire une réalité. En commençant par votre apparence physique. Ce que vous portez et dégagez au travail démontre à vos collègues que vous leur donnez suffisamment d'importance pour faire un effort. Une fois que vous aurez ces outils, on vous montrera comment vivre cette réalité... et devenir la personne que vous souhaitez être.

Elle hoche la tête.

– Que dois-je faire exactement ? Je ne sais pas vraiment comment ça marche. Quand je vous ai engagés, je percevais que j'avais besoin d'aide. Je me sentais perdue, peu sûre de la tâche à effectuer. Mais je n'ai aucune idée de ce dont j'ai besoin.

Son ton manque terriblement d'assurance. Ça me fend le cœur. Toute femme mérite de se sentir forte et à sa place.

– D'abord, laissez Bo s'occuper de votre apparence physique. Ensuite, Royce vous aidera à affirmer votre présence aux réunions du conseil et à surmonter tous les problèmes de l'entreprise. Il rencontrera votre équipe pour mieux comprendre la dynamique des opérations internes du groupe. La dernière chose dont on a besoin quand on reprend la tête d'une société, c'est une mutinerie en interne. Vos employés et, surtout, les membres de votre conseil d'administration vont exiger d'être rassurés sur la façon dont vous comptez diriger le groupe. Ils devront vous faire confiance, non seulement dans votre capacité à maintenir la stabilité de l'entreprise mais aussi à changer les choses.

– Je m'occupe de tout, ma belle, lance Royce en lui adressant un geste du menton et en plongeant les mains dans ses poches.

Sophie inspire profondément avant de s'éclaircir la voix.

– J'ai peur de ne pas faire le poids. Mon père a fondé cette société et l'a dirigée tout seul pendant plus de trente ans. Je devais l'intégrer après la fac, occuper un poste de direction moins élevé et me former sur le terrain. Seulement, maintenant (elle secoue la tête), je ne suis pas sûre d'être prête.

– Vous voulez vraiment diriger cette entreprise ?

C'est la question à un demi-million de dollars puisque c'est la somme que recevra *International Guy* pour l'aider à mener à bien cet objectif.

Elle braque son regard sur moi. J'y lis de la tristesse mêlée d'une pointe d'espoir.

– Ça a toujours été mon rêve.

– Nous allons donc faire de ce rêve une réalité, étape par étape.

Le ventre de Sophie gargouille, et je me mets à rire puis je passe un bras autour de sa taille pour la pousser à se lever.

– D'abord, on va aller déjeuner. Ensuite, Royce rencontrera votre directeur financier et votre directeur général pendant que nous irons avec Bo vous refaire une garde-robe.

Elle humecte ses jolies lèvres roses, ce qui réveille aussitôt mon bas-ventre. Je durcis rien qu'en apercevant sa langue. Cette femme cache beaucoup plus de choses que ce qu'elle donne à voir. Je n'arrêterai pas tant que je n'aurai pas fait éclater sa carapace ennuyeuse et insipide.

– Et vous, que ferez-vous ?

Son parfum décadent, sucré et épicé prend possession de mes sens tandis qu'elle s'approche de moi.

Je lui adresse un sourire malicieux, puis je lui prends la main et entrelace nos doigts.

– Tout du long, je vous tiendrai la main, *ma chérie**...

◆ ◆ ◆

Après le repas, nous nous rendons directement avenue Montaigne où, d'après mes recherches, se trouvent tous les grands créateurs de luxe : Gucci, Christian Dior, entre autres, et mon préféré... Jimmy Choo.

Je tiens la porte à Sophie et à Bo.

– On commence par les chaussures ?

L'accent français de Sophie ajoute une dimension sexuelle à tout ce qu'elle prononce. Je pourrais l'écouter parler pendant des heures.

Je passe mon bras autour de ses épaules et parcours les présentoirs des yeux, jusqu'à ce que je trouve exactement ce que je cherche : une paire absolument canon d'escarpins rouges de dix centimètres. Des chaussures à talons aux lignes fines, dotées d'un bout pointu classique et d'une lanière de cuir qui vient couvrir gracieusement la cheville avec un joli nœud sur le cou-de-pied.

– Une chose est sûre avec les femmes : le premier pas vers le changement se fait toujours avec une belle paire de chaussures.

Elle observe pensivement la paire.

– C'est très joli, mais pas pratique au bureau.

Je souris.

– C'est vrai. Mais c'est justement ce qu'il nous faut.

Je me rapproche d'elle, appuyant ma poitrine contre la sienne, et je lui murmure à l'oreille :

– Imaginez un peu que chaque homme que vous croisez vous désire et que chaque femme souhaite devenir comme vous ? Voilà ce qu'*International Guy* va réaliser pour vous.

J'effleure son menton, elle frissonne.

– Hum, je vais les essayer, dit-elle en clignant innocemment des yeux et en se mordillant les lèvres.

Pas de doute, elle commence à ressentir l'alchimie qui s'installe entre nous. Ce n'est qu'une question de temps.

Je l'ai su dès que je l'ai entendue parler. J'ai su tout de suite que j'avais envie que sa voix sensuelle me murmure à l'oreille des cochonneries en français. Bientôt, elle me mangera dans la main et plantera les pointes de ses chaussures sexy dans la peau tendre de mes fesses. Sauf que c'est une cliente. Nous ne nous interdisons pas de mélanger le plaisir et le travail, loin s'en faut. Mais nous n'avons encore jamais risqué autant d'argent en un seul contrat. Il ne serait vraiment pas raisonnable d'aller dans cette direction avec elle.

Je remets en place mon membre grandissant, le contraignant un peu plus. À mon grand désarroi, cela fait des semaines qu'il ne s'est pas amusé. Dernièrement, le travail m'a laissé peu de temps libre et je n'ai pas pu enchaîner les rencontres.

– Quelle pointure faites-vous, *ma chérie** ?

Je m'éclaircis la voix et remets de l'ordre dans ma veste de costume, boutonnant le devant pour cacher les preuves de mon excitation.

– Je fais du trente-huit, donc sept en taille US.

– Le sept est un chiffre porte-bonheur, dis-je en lui faisant un clin d'œil, puis je désigne la chaussure à six cent trente euros à la vendeuse. Il nous faut cette paire en trente-huit, *s'il vous plaît**.

Sophie saisit la chaussure, elle la tourne et la retourne comme si elle n'avait jamais rien vu de tel.

– Ce modèle s'appelle Vanessa. C'est joli, comme la chaussure, remarque-t-elle.

– Logique. Quand vous la porterez, vous aurez la sensation d'être quelqu'un d'autre.

Elle rougit et s'assoit pendant que la vendeuse lui apporte sa taille.

– On va aussi prendre ces cinq paires en trente-huit, ma jolie, dit Bo en tendant une sélection d'escarpins à la vendeuse qui se pavane devant lui.

Je me retourne vers la douce Sophie. Je m'accroupis pour l'aider à les enfiler et je lui offre ensuite ma main pour la conduire devant le miroir, en me plaçant dans son dos. Le menton sur son épaule, je chuchote à son oreille :

– Qu'est-ce que vos jambes sont longues !

Sophie fait pivoter son pied devant le miroir afin d'examiner la chaussure de chaque côté. Pendant que je la regarde, elle se redresse, allonge le cou. La femme docile et timide rencontrée plus tôt s'est effacée pour laisser place à une femme forte et incroyablement séduisante.

Je pose ma main sur sa taille délicate et mes lèvres effleurent son oreille.

– Rien de tel qu'une belle paire d'escarpins pour se sentir sexy.

En voyant Sophie s'épanouir devant mes yeux, je n'en ai jamais été aussi sûr. Les femmes et les chaussures. Adam et Ève. Le yin et le yang. C'est du pareil au même.

– J'adore, dit-elle avec un grand sourire qui ferait craquer n'importe quel homme. Et maintenant ?

Elle se retourne, radieuse.

– On va s'occuper de la garde-robe, dit Bo en remuant les sourcils tandis que la vendeuse apporte les autres chaussures à essayer.

Sophie finit par les acheter toutes, à l'exception d'une paire. Son chauffeur place les sacs dans le coffre pendant que je tiens la porte de la limousine pour Sophie et Bo.

– Quelle est la prochaine destination, Monsieur Ellis ? demande le chauffeur.

– Christian Dior, je vous prie.

Je me glisse dans la voiture à côté de Sophie qui porte ses nouveaux talons rouges. Elle a croisé les jambes qui, chaussées de ces escarpins, paraissent interminables. Vraiment distrayante, toute cette peau douce exposée. Je regarde alors le paysage à travers la vitre pendant que Bo drague notre nouvelle cliente.

Cliente.

Cliente.

C'est une *cliente*. Pas la prochaine femme à réchauffer mon lit. Mais ce serait mentir que de ne pas reconnaître que ses jambes et la façon dont elles pourraient servir au plumard m'obsèdent.

Autour de ma taille.

Bien écartées.

En l'air.

Un tas de positions différentes que j'aimerais pratiquer avec Sophie Rolland occupent mon esprit. J'ai besoin de m'envoyer en l'air. De préférence avec une Française qui aurait un penchant pour les mots cochons.

La voiture s'arrête et je me précipite à l'extérieur, comme si elle avait pris feu.

Bo me suit, puis il tend la main à Sophie pour l'aider à sortir de la voiture.

Notre *cliente*.

Je vais devoir me le répéter jusqu'à ce que mon esprit l'intègre complètement. Lors des missions précédentes, je n'ai jamais ressenti ce désir insatiable de pénétrer une cliente pour qu'elle crie mon nom avec un irrésistible accent français. Mais Sophie a quelque chose qui réveille ma libido, et il faut absolument que je me contrôle.

Bo emmène notre cliente dans la boutique. Il porte un jean simple, un T-shirt moulant et son éternelle veste en cuir, une tenue qui est loin de laisser présager son talent pour dénicher des fringues. Pourtant, les vêtements c'est son domaine. Il aime raconter en plaisantant que c'est à force de déshabiller d'innombrables femmes qu'il a appris et qu'il excelle désormais à les habiller. En tout cas, il sait parfaitement faire d'un simple pissenlit une rose.

– On va commencer par les robes, les jupes et les pantalons pour le travail.

Il fait asseoir Sophie, puis il se met à discuter avec la vendeuse. Sophie croise les mains en se mordillant les lèvres.

Je m'assois à côté d'elle et je prends une de ses mains entre les miennes. Elle sursaute, mais elle finit par se détendre en s'adossant à sa chaise, sa nervosité se dissipe visiblement à mon contact. J'aime cette réaction plus que je ne veux le laisser paraître, mais je la mets de côté dans ma tête afin d'y réfléchir plus tard. Pour l'instant, je veux être celui qui la rassure pendant qu'on chamboule son monde.

– Vous me faites confiance, Sophie ?

– Je vous connais à peine.

Maligne. Je serre sa main un peu plus fort.

– Et pourtant, vous êtes là, dans une boutique de vêtements, vous vous agrippez à ma main comme si j'étais votre sauveur et vous ne fuyez pas...

Elle s'humecte les lèvres, regarde ses chaussures puis elle pose les yeux sur moi.

– ... Fiez-vous à votre intuition, Sophie. Vous m'avez engagé. Nous sommes là. Tout va changer... en mieux. Ce moment est à vous, *ma chérie**. Il est grand temps de briller, de prouver au monde ce que vous valez.

Sophie respire lentement, puis elle hoche la tête.

– Je vous fais confiance, Parker.

Je souris en lui tapotant la main.

– C'est bien, Sophie, très bien. Je vais vous apprendre un tas de choses sur vous, des choses en vous que vous n'avez jamais soupçonnées.

– Comment ?

Sa voix tremble. J'ai envie de la prendre dans mes bras, de la serrer contre moi et de lui garantir le bonheur du corps et de l'esprit.

Je me tourne vers elle et saisis une mèche de ses cheveux entre mes doigts avant de la passer derrière son oreille pour dégager son visage.

– Je vais révéler vos différentes facettes, l'une après l'autre. D'abord la business woman casse-pieds, puis la femme sensuelle et rusée.

Elle rit en levant une main pour la plaquer sur sa bouche, mais je l'intercepte juste à temps.

– Ne dissimulez jamais votre sourire et retenez bien ce que je vous dis. Quand j'en aurai terminé avec vous, les hommes se jetteront à vos pieds pour que naisse ce sourire sur votre superbe visage.

Elle devient toute rouge et détourne timidement le regard. Ce que j'aime les femmes timides ! Le challenge est plus grand et ce sera encore plus divertissant de découvrir les autres facettes de sa personnalité.

Bo et la vendeuse reviennent.

– La cabine d'essayage est prête.

Il désigne du doigt le fond de la boutique.

– On te suit.

Je tends le bras et prends la main de Sophie, chaude et agréable, dans la mienne.

En avançant vers la cabine, elle se penche vers moi.

– J'ai hâte de voir ce qu'il a choisi.

– Moi aussi, dis-je en souriant.

Bo saisit son autre main et l'attire à l'intérieur de la cabine. Je parcours la zone d'essayage des yeux pendant qu'il lui montre les premiers ensembles à enfiler et lui indique comment les combiner. Je secoue la tête et reviens sur mes pas pour aller voir le rayon des tailleurs de bureau. Au-dessus du portant des vestes s'affiche l'image d'un ange. Un ange foutrement sexy. Blonde. Des courbes à n'en plus finir. Du sexe en tailleur. Ma queue se réveille à nouveau devant l'égérie de la campagne de pub pour les tailleurs Dior : Skyler Paige. J'ai toujours craqué pour elle.

Je ne peux m'empêcher de fixer les ondulations blondes qui retombent sur ses épaules, un total contraste avec sa veste bleu nuit. Ses jambes interminables portent un pantalon fuselé laissant entrevoir des chevilles délicates que j'adorerais mordiller et embrasser. Si j'avais une femme comme Skyler au lit, je l'allumerais pendant des jours, je la ferais gémir d'une multitude de façons avant de lui donner ce qu'elle veut.

Mince alors.

Je décide de chasser de mon esprit ces pensées lubriques sur la fille de mes rêves et de revenir à mes moutons. Je repenserai à Skylar une autre fois, pour une séance érotique à une main. Je me remémorerai cette image afin d'agrémenter mon fantasme de la secrétaire sexy que je prends sur mon bureau pour lui accorder une grosse augmentation.

Riant de mes sottises, je trouve un élégant pantalon cigarette noir et une veste assortie ornée d'un large col de satin noir et d'un seul bouton. Parfait pour Sophie.

Je me retourne et aperçois la vendeuse qui a assisté Bo.

– Puis-je avoir ces deux articles dans la bonne taille ?

– Oui, bien sûr.

Elle saisit l'ensemble et je la suis vers la cabine d'essayage. C'est à ce moment-là que Sophie tire le rideau. Elle porte une jupe droite en cuir noir et un chemisier blanc en soie. Avec ses talons rouges, on dirait une *bad girl*, prête à en découdre. J'applaudis.

– C'est parfait.

Bo tourne autour de Sophie, la main sur le menton.

– On pourrait reprendre la couture ici, dit-il les mains sur les hanches, ça mettrait encore plus en valeur vos jolies fesses.

Sophie rougit comme une tomate.

J'esquisse alors une grimace.

– Elle est très bien comme ça.

J'ai la voix rauque, comme au réveil. Bo recule et laisse échapper un soupir, me jaugeant du regard. Il finit par se rapprocher de moi pour me dire à voix basse :

– Je suis sûr que tu es d'accord avec moi. Tu n'as pas quitté ses fesses et ses jambes des yeux depuis qu'on l'a rencontrée. Tu te la réserves, ou quoi ?

Est-ce le cas ?

Mes poils se hérissent et ma peau moite me démange.

– Contente-toi de faire ton boulot. Et bas les pattes ! je siffle entre mes dents.

Il recule dans un signe d'impuissance, puis il pivote et retourne auprès de notre cliente.

– Cette tenue vous va bien. Qu'en pensez-vous, ma jolie ?

Elle laisse courir ses mains le long de ses hanches et je sens une réaction du côté de mon entrejambe.

– Ça change, mais j'aime bien.

Elle ondule le bassin d'un côté puis de l'autre pour s'habituer au tissu.

– Passons aux robes, propose Bo.

– Non ! je m'exclame.

Le mot est lâché, sans appel. Je m'éclaircis la voix.

– Essayez plutôt ce tailleur.

Bo fait la moue, puis il désigne la cabine d'essayage.

– C'est toi le chef, Parker. Sophie, à vous l'honneur.

Elle disparaît dans la cabine. Dès que la porte se referme, Bo en profite pour me prendre la tête.

– Tu fais n'importe quoi, mon pote.

Il pose un doigt sur mon torse, que je rejette d'une claque.

– Absolument pas. Je maîtrise la situation.

Il lâche un petit rire.

– Non, cette Française te fait perdre la tête.

– Va te faire foutre ! dis-je en le fusillant du regard.

– Je ne fais que remarquer ce que je vois, lâche-t-il d'un ton désinvolte.

– Eh bien, tu te plantes.

Je redresse les épaules en m'assurant que ma veste est bien fermée pour cacher tout signe d'érection.

L'image de ses fesses moulées dans le cuir, de ses jambes interminables et de ses talons rouges a aussitôt suscité chez moi un début d'érection.

– Non, loin de là. Mais c'est toi qui mènes le jeu, dit-il avec un claquement de langue. En tout cas, si tu fricotes avec une cliente... c'est ton problème, mec !

– Comme si tu ne l'avais jamais fait, j'ajoute, la mâchoire serrée.

Je viens de trahir mon désir. Bo croise ses bras puissants.

– Justement. Je l'ai souvent fait. Mais ce n'était jamais une bonne idée vu que chaque fois, je ne pensais qu'avec ma bite.

– Et avec quoi tu penses, en temps normal ?

Bo secoue la tête puis, en s'éloignant vers la cabine où se trouve Sophie, il lâche sans se retourner :

– Je t'aurai prévenu.

CHAPITRE 3

La voiture est pleine de sacs Dior, Gucci, Prada et Valentino, et il reste encore quelques arrêts. Sophie bâille, appuyée contre moi à l'arrière de la limousine.

– Fatiguée, *ma chérie** ? Préférez-vous reprendre demain, plus reposée ?

Elle secoue la tête.

– Non, mais un verre de bulles serait le bienvenu, répond-elle en montrant le minibar.

Je souris et claque dans mes mains.

– C'est justement ma spécialité.

Je sors une bouteille de champagne du petit frigo et inspecte l'étiquette comme si je savais lire le français. En réalité, je ne connais que quelques mots.

Sophie pousse des gloussements, une jambe repliée sous l'autre, jouant avec le talon de sa chaussure. Je meurs d'envie de saisir cette jambe, d'effleurer sa peau soyeuse avec mes dents et de mordre ses cuisses fermes. J'ai pu les apercevoir quand Bo lui a fait essayer des robes fourreaux Gucci très moulantes, pour le travail. S'il considère ce type de robe parfaitement adapté au cadre professionnel, je serai totalement foutu quand je la verrai dans l'une des vingt robes de soirée qu'il a choisies avec elle.

Parcouru d'un frisson, je chasse ces pensées. Mieux vaut ne pas s'y aventurer. Je fais sauter le bouchon et verse une coupe à chacun.

Dès la première gorgée, Sophie laisse échapper un râle grave.

– Merde, je lâche dans un souffle.

Je croise les jambes pour couper court au désir qui serpente dans ma poitrine en direction de mon bas-ventre.

Cette journée a été rythmée par de la torture pure et dure. J'ai besoin d'une douche chaude et d'un long moment en compagnie de ma main droite, ou peut-être de faire un tour au bar du coin pour me dégoter une femme disposée à réchauffer mon lit d'hôtel pour la nuit. Il y a forcément pas loin un endroit idéal pour draguer. Bo doit le savoir. Je lui demanderai plus tard, en douce. Avec la quantité de nanas, comme il dit, qui se succèdent dans son lit, il a dû déjà trouver le meilleur lieu de drague de Paris. Bien sûr, il suffirait que je convoque l'image de la bombe Skyler Paige dans son irrésistible ensemble d'executive woman. Mais c'est une très mauvaise idée de penser à Skylar, même une fraction de seconde. Ma queue a un radar pour ce type de rêverie. Après les jambes de Sophie et la photo de ma star préférée... je suis foutu. J'attrape un glaçon dans le frigo et le passe sur ma nuque pour anéantir ces envies qui me prennent au corps.

Sophie termine sa coupe au moment où la limousine s'arrête devant les célèbres *Galeries Lafayette* du boulevard Haussmann. D'après Google, c'est l'un des plus grands magasins de Paris.

Cette fois, le chauffeur vient nous ouvrir la porte. Bo et moi terminons notre champagne d'un trait et il lance un rot de magnitude 10 avant de se frapper la poitrine.

– Ah, ça va mieux !

Je me dépêche de sortir du véhicule.

– Je vous conseille d'aérer l'arrière, je chuchote à François en lançant un regard noir à mon ami.

– Quoi ? demande-t-il, l'air parfaitement innocent.

Je secoue la tête et saisis la main de Sophie.

– Préparez-vous, murmure Sophie.

Je grimace.

– À quoi ?

– Ce magasin est immense. On pourrait s'y perdre.

Bo pousse la porte des *Galeries* et je comprends alors la mise en garde de Sophie. C'est comme si nous avions pénétré dans un autre monde. Un monde d'opulence où tout ce qui brille règne en maître. Je m'arrête au centre du magasin et regarde en l'air. Impossible d'y échapper. Je découvre la célèbre coupole entièrement composée de vitraux colorés, et une enfilade de balcons sur plusieurs étages qui permettent de distinguer les différentes marchandises exposées. Tandis que je contemple les lieux, Bo continue d'avancer.

– Wouah ! je m'écrie en m'accrochant au bras de Sophie pour ne pas perdre l'équilibre.

Il m'arrive la même chose quand je rentre dans une église catholique, devant tant de magnificence et d'excès. Le style Art nouveau de l'édifice fait la part belle aux détails. Je peine à me souvenir de la dernière fois que j'ai été en présence d'un lieu aussi impressionnant. L'émerveillement est plus fort que tout, j'ai l'impression de ne jamais pouvoir oublier ce que je vois. C'est incroyable. Du jamais-vu.

– *Magnifique, n'est-ce pas* ?* dit Sophie en français, et là je ne peux pas résister...

Un élan instantané. Dingue. Et direct.

Mon corps s'enflamme. Excitation, sexe et désir me montent au cerveau et, contre toute attente, je prends ses joues dans mes mains tandis qu'elle contemple, les yeux levés, le magnifique dôme de verre. Dès que mes mains touchent ses joues, je fonce. Aucune réflexion, seulement de l'action.

J'oublie les conséquences et presse mes lèvres contre les siennes.

Je l'embrasse malgré sa surprise.

Je l'embrasse pour ne plus penser.

Je l'embrasse malgré mes résolutions.

Je l'embrasse, tout simplement. Longtemps. Si longtemps que son corps réagit, ses bras serrent mon dos, ses doigts labourent mes omoplates à travers ma veste. Je m'en moque. Rien n'a plus d'importance. Seul compte cet instant avec cette fille sublime. Sa bouche s'entrouvre et j'y plonge ma langue, effleurant la sienne. Elle a le goût du champagne et son parfum est divin, une odeur sucrée et épicée qui m'enveloppe, qui me pousse à prendre plus, à fouiller plus loin. Sophie halète et s'accroche à moi, pesant de tout son poids contre ma poitrine, comme si elle se donnait tout entière à ce seul baiser.

Je m'écarte à regret, en mordillant ses lèvres délicieuses. Je la remets sur ses pieds ; ses yeux sont toujours fermés, sa bouche à peine ouverte. Je caresse ses joues du bout des doigts.

– Réveille-toi, *ma chérie**.

Je ris et elle finit par cligner des yeux, comme si je l'avais tirée d'un rêve.

– L'ivresse du baiser. (Je pose ma main sur son menton et caresse du pouce ses lèvres enflées.) Ça va aller ?

Elle acquiesce en silence.

Je ne peux m'empêcher de rire à nouveau.

– Désolé, je me suis laissé emporter, dis-je. Pour accompagner une vue aussi spectaculaire que celle-ci, il fallait absolument un baiser. Un premier baiser est toujours inoubliable. Tu ne crois pas ?

Sophie rougit.

– Oui, *merci**. Ça restera de toute évidence un bon souvenir.

– C'est bien ce que je disais, j'ajoute en posant un bras sur ses épaules. Je suis sûr que Bo est au rayon des jeans.

Elle fronce les sourcils.

– Je n'en porte pas souvent.

– So, fais-moi confiance. Il faut cinq incontournables pour permettre à une femme de se sentir sexy.

– So ? demande-t-elle, surprise par le surnom que je viens de lui donner.

Je n'avais pas prévu de me sentir autant en phase avec cette fille. Je suis bien à ses côtés. Suffisamment bien, en tout cas, pour lui donner un petit nom et l'embrasser au milieu d'un grand magasin. Ce n'est pas dans mes habitudes.

Je m'en voudrai plus tard pour le baiser, mais pas pour le surnom. « So » lui va très bien.

– Écoute-moi, dis-je en guise de réprimande, ignorant sa question. Cinq incontournables te rendront sexy.

– Éclaire-moi, Parker. Je suis toute disposée à apprendre.

Disposée est le mot clé, mais je refoule cette pensée. Il faut se mettre au travail.

– Depuis ce matin, tu as déjà fait l'acquisition de deux de ces incontournables.

– Les chaussures ?

Je claque des doigts.

– Exact. Une belle paire d'escarpins. Ne me dis pas que tu ne te sens pas plus sexy dans ces chaussures ? Tu ne les as pas quittées des yeux de la journée.

– Toi non plus, dit-elle en haussant les sourcils.

Je me mordille les lèvres, réprimant à nouveau l'envie de l'embrasser. Cette petite diablesse cache bien son jeu.

– Je ne peux pas dire le contraire. Tu es terriblement sexy. Mais ce que je veux savoir, c'est si toi, tu te sens sexy ?

Elle fait une moue en continuant à avancer. Nous empruntons un escalator qui monte au deuxième étage.

– *Oui**.

– Bien. Sache que l'autre article infaillible pour qu'une femme se sente belle, c'est la LBD ou le tailleur noir.

Sophie fronce les sourcils.

– La LBD ?

J'oublie trop vite la barrière de la langue !

– La petite robe noire. *Little Black Dress,* comme on dit chez nous.

Elle hoche la tête.

– Dans ton cas, je poursuis, c'est un tailleur-pantalon noir. Une tenue qui te donnera de l'assurance, cachera toutes tes incertitudes quand tu affronteras les actionnaires de ton père. Enfin, *tes* actionnaires.

– J'ai bien aimé le tailleur, c'est vrai.

Pour quatre mille euros, qui ne l'aimerait pas ? Bien sûr, je garde cette remarque pour moi. Sophie est pleine aux as et elle ne devrait pas avoir honte de l'argent que sa famille a durement gagné. Toujours est-il qu'un chiffre à trois zéros, c'est vraiment beaucoup pour un costume. Nécessaire dans le monde dans lequel elle est née, mais tout de même dur à avaler. Par le passé, nous avons déjà eu des clientes riches, mais aucune du calibre ou du pedigree de Sophie Rolland. Ce contrat est un gros coup pour *International Guy Inc.*, et augure bien, je l'espère, de notre percée dans le milieu des affaires. À condition que je ne foire pas tout en embrassant notre cliente au milieu d'un grand magasin parisien.

Comme j'aime entretenir un contact physique avec elle, je lui prends la main. J'observe le rayon des jeans. Bo est déjà en train de sélectionner plusieurs pantalons. À l'aise comme un poisson dans l'eau.

J'espère qu'il s'était suffisamment avancé dans l'allée et qu'il n'a pas vu notre baiser.

– Sophie, je t'ai trouvé des jeans. Différents styles en fonction de tes chaussures et des événements : boot cut, slim, skinny et coupe large.

Il tend l'ensemble à Sophie et montre du doigt la cabine d'essayage.

– Merci, Bo, tu es vraiment doué pour ça.

– Ce n'est pas un hasard. Ma mère est créatrice de mode. Petit, j'ai su coudre un bouton sur un pantalon avant même de taper dans une balle de base-ball, répond-il en haussant les épaules. J'étais le seul garçon d'une mère célibataire dingue de mode, avec trois princesses pour sœurs. Que veux-tu ? C'est resté.

D'un clin d'œil, il lui fait signe d'aller se changer.

Dès que Sophie se trouve hors de portée, j'ai l'impression d'être de nouveau plongé dans les vestiaires du collège, à parler filles avec mes potes.

– Tu embrasses les clientes dans les grands magasins maintenant ? demande Bo en haussant les sourcils. Classe !

Mains sur les hanches, je fronce les sourcils. Je sais qu'il a raison. Ce n'est pas l'épisode dont je suis le plus fier. Au lieu de le contredire ou de lancer une réplique assassine pour me défendre, je capitule.

– Tais-toi...

Il rit, s'approche de moi et me tapote l'épaule en signe de soutien.

– Écoute, mec, si tu veux te la taper, fonce. Fais simplement attention à ne pas tout faire foirer pour nos affaires. Tu es doué, mon vieux ; arrange-toi pour que ça marche. OK ?

Je soupire en glissant mes doigts dans mes cheveux. Je me sens subitement épuisé. Nous avons passé sept heures dans un vol de nuit Boston-Paris, déposé nos sacs avant de partir aussitôt à la rencontre de notre cliente. Je crois que le décalage horaire se fait sentir.

– Merci, mec, je trouverai une solution.

Il remue ses sourcils bizarrement.

– Je n'en doute pas.

Il ondule son bassin d'un mouvement circulaire pour mimer l'acte sexuel et je lui balance une claque sur l'épaule dès que Sophie sort de la cabine, vêtue d'un jean *7 For All Mankind*. Mon cœur s'arrête et je durcis sur-le-champ.

– Oh... Waouh.

Bo émet un sifflement et tourne autour de Sophie pendant que je contemple son joli derrière dans le jean le mieux ajusté du monde. Remercions les dieux de cette marque qui sait parfaitement habiller un corps de femme.

– Voici la coupe slim. C'est parfait, ma chérie. Les hommes vont tous tomber raides dingues de toi quand tu sortiras avec tes copines.

Elle rabat ses cheveux sur une épaule et me regarde à travers le miroir. J'ai les yeux rivés sur ses superbes fesses.

– *Tu aimes** ?

– Oh que oui !

Je penche la tête d'un côté et contemple ses longues jambes. Le tissu moule ses fesses et épouse ses cuisses et ses mollets à la perfection. On ne pourrait pas espérer mieux. Impossible.

Sophie glousse, et mon cœur se met à battre plus vite.

J'avance jusqu'à elle. Posté derrière son dos, je m'accroche à ses hanches et presse mon érection contre ses fesses tendres. À côté des siens, mes cheveux châtains paraissent plus clairs que d'habitude. Le bleu vif de mes yeux se fait plus profond tandis que j'observe son joli corps. Je serre la mâchoire et me colle davantage contre elle.

Le souffle haletant, elle inspire profondément. Ses yeux bruns foncent encore et ses pupilles se dilatent. J'agrippe plus fermement son bassin afin qu'elle me sente en entier contre ses fesses.

– Je crois que tu sens à quel point j'aime te voir dans ce jean.

Je m'appuie encore un peu plus et elle laisse échapper le souffle qu'elle retenait, tout en humectant ses lèvres.

Merde. J'ai encore envie de l'embrasser.

Je ravale ma salive, les doigts serrés sur ses hanches, et j'essaie de reprendre notre conversation. Je place mes lèvres près de son oreille et je demeure ainsi, attendant que son regard croise le mien dans le miroir.

– Et maintenant, dis-moi, chère Sophie, tu te sens sexy dans ce jean ?

Elle frissonne dans mes bras.

– Voici le troisième incontournable, j'ajoute, un jean seconde peau qui montre tous tes atouts. Et celui-ci est absolument parfait...

Je pose mes mains sur ses fesses. Son corps s'arc-boute contre moi et elle avance la poitrine comme une offrande.

Si nous étions seuls à l'hôtel, mes mains iraient bien plus loin. L'une stimulerait son clitoris, l'autre un sein. Je baisserais son jean le long de ses longues jambes, la renverserais sur l'accoudoir du canapé, sur la coiffeuse, sur la table du petit déjeuner pour la prendre par-derrière, avec force. Je vois bien qu'elle y pense aussi. Elle soupire, s'appuie contre mon membre et se mord les lèvres.

– Parker, c'est si injuste de sentir ton beau corps ferme contre le mien et de ne voir que ton superbe visage, ta silhouette. J'ai du mal à respirer dès que je regarde ta mâchoire ciselée et ton sourire éblouissant, et quand tu te presses contre moi...

Elle secoue la tête, hébétée.

Oui, la douce Sophie évolue vite. Qu'elle admette à quel point elle en pince pour moi est une avancée décisive. Évidemment, je m'y attendais. C'est parce que mes parents m'ont donné d'excellents gènes que je suis aussi bon dans ce que je fais. Les femmes me disent très souvent que je suis séduisant. On peut dire ce qu'on veut, mais un beau visage, des muscles découpés que j'entretiens et le respect pour le sexe opposé mènent très loin dans la vie.

Je recule d'un pas mal assuré et elle trébuche vers l'avant.

– Je pense que ça suffit pour aujourd'hui. On reprendra demain après le rendez-vous avec Royce et ton équipe ?

Je cache mon entrejambe de mes mains, parce que j'ai perdu tout contrôle.

Sophie Rolland est charmante. Elle embrasse bien, elle a un corps élancé et bien dessiné. Je rêve de la baiser jusqu'à en perdre haleine.

De l'air.

Voilà ce dont on a besoin tous les deux, d'air et d'espace, pour que je puisse contrôler ma libido et faire mon boulot.

– Va te changer, ma belle, on t'attend, propose Bo.

Bo.

Une fois de plus, j'avais oublié qu'il était là. En voyant Sophie dans ce jean, en voyant ce corps qui n'attendait qu'à en être déshabillé, en me frottant contre son petit cul… j'ai perdu le contrôle. C'est la deuxième fois que je dérape en public.

Bo ajuste sa veste en cuir et glisse les mains dans ses poches.

– Toi, mon gars, tu es vraiment dingue. C'est quand la dernière fois que t'as couché avec une fille ?

– T'es sérieux ? je grogne.

– Plus sérieux, tu meurs. Tu as besoin de niquer, mec. Je ne t'ai pas vu collé comme ça à une fille depuis très longtemps. Sans doute depuis la période où tu étais dingue de Kayla McCormick. Quelle petite salope celle-là, lâche-t-il en faisant une grimace, comme s'il allait vomir.

– T'es vraiment en train de parler de mon ex ? Ça fait des années, Bo. Des années.

– Ouais, des années que je ne t'ai pas vu dingue d'une fille.

– Mais il ne se passe rien.

– Mais si ! Peut-être pas exactement comme avec Kayla, mais... Tu devrais te branler, mon vieux, si tu n'arrives pas à calmer la bête.

Mon corps entier est trop lourd, ses mots m'écrasent comme des haltères de deux tonnes.

– Ce dont j'ai besoin, c'est que tu la fermes. J'ai aussi besoin d'une IPA bien fraîche et d'un hamburger avec des frites. Et si tu t'en occupais pour que je puisse décompresser ?

Il rigole en sortant son téléphone de sa poche.

– Je m'en occupe, mec, pas de problème. Je vais te trouver tout ça, et peut-être même une nana.

– Non, pas de nana ! je m'écrie en renversant la tête en arrière et en passant les mains dans mes cheveux.

J'observe le plafond de verre.

– Ça va ? demande Sophie en posant une main chaude sur mon avant-bras.

– Oui. C'est juste le décalage horaire. Tu t'es décidée pour le jean ?

Elle sourit timidement et regarde ses pieds, puis elle repose les yeux sur moi.

– Je vais prendre celui que tu aimes en deux couleurs différentes.

– Parfait, So. Passons à la caisse.

Elle me précède et je ne peux m'empêcher de mater ses fesses. Elles rendent un peu moins bien dans sa robe que dans le jean, mais elles restent très jolies.

Qu'est-ce qui ne va pas chez moi ?

C'est vrai que je n'ai pas tiré mon coup depuis longtemps, mais mon comportement est vraiment « too much », même pour moi. Sophie est douce. Certainement pas mon style habituel. En général, je vise la fille qui sait s'amuser. Celle qui part aussitôt après l'amour ou le petit déjeuner qu'elle me laisse lui préparer. Cette fille-là connaît les règles. Elle n'est pas douce. Elle sait ce qu'elle veut et elle l'obtient. Je fais partie de ces mecs chanceux qui tirent parti de la libération sexuelle des femmes. Toute femme qui partage son corps avec moi est bien traitée. Sans exception.

Ce que je ne fais pas, c'est séduire les clientes pour coucher avec elles, leurs jambes autour de mes hanches et moi qui m'enfonce férocement en elles jusqu'à en oublier mon nom. Mais Sophie suscite tout ça chez moi, et c'est très distrayant.

Mais peut-être que Bo a raison. Peut-être devrais-je la conduire dans mon lit tout en étant honnête. Les femmes n'aiment pas qu'on leur mente. Or, la franchise est toujours une pente glissante qui peut poser des problèmes. Si on en dit trop, elles se froissent. Si on n'en dit pas assez, elles se sentent trahies.

Je ne sais pas où se situe Sophie dans tout ça. C'est pour cette raison que je ne compte pas aller jusque-là... tant que nous ne serons pas conscients des conséquences et que chacun les acceptera. Les relations à distance, sur des continents différents, ne font pas partie de mes projets. Je n'ai jamais eu et n'aurai jamais cette intention-là.

L'attirance est pourtant là. Et je ne suis pas le seul à la ressentir. Si j'avais été un autre homme, j'aurais pu suivre la douce Sophie dans la cabine d'essayage et la prendre contre le mur. Mais elle mérite bien mieux qu'un coup rapide. Elle mérite une histoire d'amour, des fleurs et toutes les choses que je ne suis pas prêt à lui donner.

Bo me tire de mes pensées en me tapant sur l'épaule.

– Ne t'en fais pas. Tu verras, tout te semblera plus clair demain matin. Tant que tu ne te réveilles pas le bras coincé sous une fille...

Il sourit de toutes ses dents.

Je tousse et éclate de rire. Bo sait toujours éclairer les situations les plus compliquées. Et il a raison. Demain, tout ira bien. Le bonheur est un choix. On vit sa journée comme on se lève. Une chose est sûre, demain, je me réveillerai seul.

Tout seul.

CHAPITRE 4

Mon nez me démange. Maintenant, c'est mon téton droit. Ah, quelque chose descend en me frôlant le long du sternum et des abdominaux, droit vers ma...

J'ouvre les yeux et soulève mon bassin vers la main chaude qui enserre mon érection matinale.

– *Lever et briller** ! Debout, bel étalon.

Une superbe Américaine brune s'essaie à la traduction littérale de « *rise and shine* » en français.

Je ne parle peut-être pas couramment cette langue, mais j'ai été suffisamment attentif au lycée pour savoir qu'elle dit n'importe quoi. Seulement, je ne peux pas en vouloir à ces beaux yeux bleu pâle et à ce regard aguicheur.

– Merde !

Je renverse la tête en arrière sur l'oreiller pendant qu'elle promène ses ongles sur mon torse, puis dans ma toison pubienne. Sa main diabolique saisit plus fermement la base de mon membre et elle en recouvre l'extrémité de sa bouche divine.

– Putain !

Je saisis sa nuque à travers son épaisse chevelure pendant qu'elle m'engloutit. Tandis qu'elle s'active, je tente de retracer les événements qui m'ont conduit à cette situation plutôt agréable. Je me souviens vaguement d'avoir accepté d'aller dîner et d'avoir bu quelques bières avec Royce et Bo. Ils m'ont ensuite convaincu de ne pas aller me coucher tout de suite, pour m'adapter à l'heure parisienne et ne plus souffrir du décalage horaire. Bêtement, je les ai écoutés et voilà où j'en suis. À me faire sucer par une femme dont je ne connais même pas le prénom. J'ai connu pire.

Des images de la nuit précédente refont surface comme dans un mauvais film X.

Des rires entre amis dans un bar.

Un flot ininterrompu de pintes.

Une déesse brune sur mes genoux.

Des baisers dans le taxi.

Ses courbes contre le mur de ma suite, des mains baladeuses.

Des fringues éparpillées jusqu'à la chambre.

Levrette.

Missionnaire.

Cow-girl inversée.

– Oh, putain ! je m'écrie pendant qu'elle se met à aspirer ma queue, cherchant à pomper littéralement tout ce que j'ai en moi.

Je me rappelle maintenant pourquoi je l'ai surnommée Déesse. C'est une des meilleures pipes que l'on m'ait faites.

L'orgasme est rapide et intense. Je pénètre sauvagement sa bouche. Elle accepte sans ciller, sans lâcher prise ni s'arrêter, jusqu'à ce que j'éjacule dans un grognement sonore. Ma respiration devient plus forte et plus laborieuse tandis que j'essaie de reprendre mes esprits.

Une fois qu'elle m'a vidé jusqu'à la dernière goutte, elle se met à rire, s'essuie la lèvre inférieure avec son pouce et remonte sensuellement le long de mon corps, à la manière d'un serpent. Nous sommes complètement nus et je sens son sexe mouillé se poser sur mon ventre. Je serre les dents, essayant de contenir une autre érection.

– Ne rebande pas. Je n'ai pas le temps. J'ai une *master class* et je suis déjà en retard.

– Tu es à la fac ?

J'écarquille les yeux. Qu'est-ce que j'ai fait ? Je vais avoir trente ans cette année.

– Ne me dis pas que tu as moins de vingt ans !

Yeux bleus hoche la tête en riant.

– Ne panique pas. J'en ai vingt-quatre. Tu me l'as déjà demandé hier soir, mais tu n'as pas l'air de t'en souvenir.

Elle remue de nouveau les hanches, et la bête se réveille. J'appuie mon bassin contre le sien pendant qu'elle se penche en avant pour m'embrasser. Je la serre, lui rends son baiser, profitant de ses courbes qui épousent chaque centimètre carré de ma peau. Mon Dieu, ce que j'aime les femmes ! Douceur, souplesse et parfum divin. Bien sûr, maintenant, elle sent un peu plus mon odeur, et encore davantage le sexe. Néanmoins, je respire profondément les effluves discrets de son parfum fleuri en embrassant sa mâchoire, puis son cou, la soulevant un peu pour atteindre ses seins généreux.

La déesse nue s'empare de ma tête, passant ses doigts dans mes cheveux.

– OK, on remet ça, et puis ce sera chacun sa route. J'ai une histoire avec quelqu'un aux États-Unis.

Avec un petit sourire en coin, je mordille son téton humide puis m'écarte.

– Et moi, j'ai une queue bien dure qui peut te le faire oublier une heure de plus.

Écartant ses cuisses avec mon genou, je la fais glisser sous moi, remarquant au passage les emballages de préservatifs déchirés sur la table de chevet. Sécurité avant tout. Dieu merci ! J'en repère un intact et je me félicite mentalement d'en avoir apporté toute une cargaison, avant de l'ouvrir avec les dents. Yeux bleus attrape la capote et la déroule sur mon membre impatient. Elle entoure mes hanches de ses jambes.

– Vas-y, gémit-elle en faisant une moue.

– D'abord, comment tu t'appelles, Déesse ?

Ses lèvres esquissent un délicieux sourire narquois.

– Est-ce si important que ça ? Nous ne nous reverrons jamais...

J'avance les lèvres, caressant ses formes d'une main tout en réfléchissant à la question. Elle a sans doute raison.

– Je suppose que non, dis-je, me plaçant à l'entrée de son sexe.

Je la pénètre d'un coup sec. Son corps entier se tord dans un gémissement de plaisir.

– Oh, oui, prends-moi fort !

Qui suis-je pour refuser ?

♦♦♦

J'ouvre la porte de la suite. Yeux bleus, longues jambes et beau cul s'arrête, pose une main sur ma poitrine et m'embrasse. Sa langue joue avec la mienne pendant de longues minutes, puis, dans un râle, elle s'écarte.

– Tu m'as toute retournée, bel étalon. Je te sentirai entre mes cuisses toute la semaine. Merci.

J'agrippe fermement ses fesses.

– Bon courage pour la suite, dis-je en l'embrassant de nouveau.

– À toi aussi, répond-elle avec un clin d'œil en se dirigeant d'un pas nonchalant vers l'ascenseur.

Je m'appuie contre le montant de la porte, me sentant enfin moi-même. Bo avait raison. J'avais besoin de baiser. Et maintenant, j'ai besoin de quatre litres d'eau.

J'entends un raclement de gorge dans le couloir. Je me retourne et j'aperçois Royce, dont la silhouette puissante jouxte celle d'une femme. Notre cliente.

Sophie.

Je recule, mort de trouille, et mon corps se raidit d'un coup. Une curieuse réaction de ma part, car je n'ai, à proprement parler, rien fait de mal. Et pourtant, une sensation inconfortable de dégoût ondule le long de ma colonne vertébrale, s'arrêtant quelque part entre mon cœur et ma queue aventureuse et stupide.

Un jour, j'embrasse Sophie au milieu d'un grand magasin, pelote ses fesses et lui avoue mon attirance. Le lendemain matin, elle me surprend en train d'embrasser mon coup d'un soir à la porte de ma chambre d'hôtel.

Quel crétin !

– Salut, vous deux. Je suis presque prêt. Entrez, dis-je en évitant à tout prix de croiser le regard de Sophie.

Ils entrent. Bo est vêtu d'un costume qui lui va à la perfection. Comme Sophie, il ne lésine pas sur les moyens pour s'habiller, portant le plus souvent des costards Armani ou Tom Ford. Personnellement, je préfère une garde-robe variée et un bon tailleur. Ma tenue du jour : pantalon beige, blazer Ralph Lauren anthracite orné d'un léger motif écossais et cravate Ermenegildo Zegna rayée de jaune sur une chemise blanche impeccable. Pas de boutons de manchette. Roy est le seul type que je connais qui en porte tous les jours. Pour aujourd'hui, il a choisi ceux en onyx noir, ses favoris, ainsi que sa montre Breitling qui ne lui a coûté que six mille dollars...

J'ajuste ma veste et la boutonne.

– Vous voulez un café ? je demande en montrant du doigt celui que j'avais préparé pour l'inconnue aux yeux bleus.

Ce n'est qu'à ce moment-là que je m'autorise à établir un vrai contact visuel avec Sophie... Elle est ravissante. À en tomber.

Elle porte l'un des nouveaux ensembles jupe-chemisier choisis par Bo ; elle a l'air féroce, déterminée à ravir le monde. Une jolie queue-de-cheval fait ressortir son cou élancé et délicat. À ses pieds, une paire de Louboutin à pointe ronde, à la semelle rouge caractéristique, et avec au moins dix centimètres de talons aiguilles. Si mon sexe n'avait pas déjà été soumis à rude épreuve, il se réveillerait aussitôt. Toutefois, mon cœur et mon esprit prennent toute la mesure de l'épanouissement éclair de notre cliente.

– Tu es superbe, Sophie, dis-je en souriant tendrement.

J'espère surtout ne pas avoir saboté une amitié naissante ou une nouvelle relation professionnelle.

Ses joues rosissent.

– *Merci**. C'est grâce à toi et Bo, bien sûr.

Elle croise mon regard le temps d'une fraction de seconde, puis elle baisse les yeux et détourne la tête.

Devant son incapacité à me regarder plus de quelques secondes, je sens mon cœur qui fait un bond. À la manière d'un chien qui a fait une bêtise, je me rapproche de quelques pas tout en jetant un coup d'œil par-dessus son épaule. Roy est en train de se servir une tasse de café et je veux m'assurer qu'il ne peut pas nous entendre. Sophie pince les lèvres à mesure que je me rapproche.

– So', je suis désolé de ce que tu as pu voir. J'ai trop bu hier soir et...

– Tu ne me dois rien, me coupe-t-elle.

Elle chuchote, mais une sincérité à laquelle je ne m'attendais pas se dégage de ces quelques mots. Je ne saurais dire si elle est en colère et qu'elle le cache derrière une apparence de sérénité ou si ce qu'elle a vu ne la dérange pas.

Elle se redresse, lève le menton et se rapproche.

– Parker, je n'attends rien de toi... Si nous choisissons de tirer parti de notre attirance, nous devons accepter que cette relation soit de courte durée. Tu vis aux États-Unis.

Je ne quitterai jamais la France. J'ai une entreprise à gérer. Toi aussi. C'est beaucoup plus important que de... (Elle fait un geste nous désignant à tour de rôle.) Comment vous dites au États-Unis ? *Se jeter en l'air ?*

J'incline la tête sur le côté en riant. Je bande. C'est plus fort que moi.

– *S'envoyer en l'air.* En effet, je comprends. Je suis juste soulagé que tu ne sois pas...

– *Hungry ?* demande-t-elle, maltraitant la langue de Shakespeare.

– *Angry !*

Elle fait un bond en arrière et éclate de rire. C'est la première fois que je l'entends vraiment se lâcher. Sophie peut illuminer une pièce en riant. Un jour, elle rendra un homme, le bon, très heureux. Mais je ne suis pas cet homme. Même si je ne peux nier mon attirance pour elle.

– Donc, tout va bien entre nous ? Tu es sûre ? j'ajoute pour en avoir le cœur net.

– *Oui**. Mais tu as intérêt à m'inviter au restaurant pour te faire pardonner d'avoir semé le trouble.

Je retiens un rire, la main plaquée sur ma bouche.

– Il n'y a pas que le trouble que je sème...

Je secoue la tête, plus léger que lorsque je l'ai vue à l'autre bout du couloir.

Elle fronce les sourcils.

– Vous, les Américains, vous parlez bizarrement.

Je pose un bras sur son épaule.

– C'est vrai, mais si tu restes avec moi, tout ira bien.

– J'en ai bien l'intention, Monsieur Ellis, dit-elle en me tapant amicalement sur le ventre.

Soulagé, je sens que la journée prend une toute nouvelle saveur. Au réveil, j'avais déjà senti qu'elle serait grandiose. Elle a commencé dans la bouche d'une déesse et se terminera sans doute par la dégustation d'une belle héritière.

Le hasard a vraiment le don d'équilibrer les choses.

Royce tape dans ses mains.

– Vous êtes prêts ? demande-t-il en souriant, j'ai hâte de mettre le nez dans les finances et autres placements.

– La limousine nous attend. Bo se joint à nous ? demande Sophie.

Royce attrape le bras de Sophie et pose sa main sur son coude.

– Non, ma chérie. Le fric, c'est mon rayon. Bo serait incapable de gérer son propre capital sans moi. En plus, il a de la compagnie ce matin, dit-il en souriant et en haussant les sourcils dans ma direction.

Royce sous-entend que Bo aime faire la grasse matinée, surtout quand il a des filles dans son lit. Autant dire qu'il n'émergera pas de sa chambre avant le déjeuner.

– Park et moi nous occupons des affaires, confirme Royce. Bo reviendra...

– Demain, pour ta coiffure et les conseils en maquillage, j'ajoute pour compléter le planning.

– J'ai hâte, dit Sophie avec un grand sourire.

Roy lui tapote la main.

– Bon état d'esprit.

◆◆◆

– Sophie, regarde ça.

Royce étale devant elle, sur le bureau, un dossier plein de feuilles de calcul, de graphiques et de chiffres. J'étouffe un bâillement et prends place sur le canapé. J'en profite pour répondre à mes mails tout en gardant une oreille sur leur conversation.

Royce montre une série de chiffres.

– Voici l'analyse du coût et des bénéfices des trois derniers produits. Vous voyez celui-là ? demande Royce en tapotant du doigt sur une feuille. Les performances ne sont pas aussi bonnes que prévu. (Il attrape un autre dossier.) Et voici le plan marketing du produit. L'équipe n'est pas à la hauteur en matière d'innovation, de planification et de suivi. Votre père avait alloué un budget important à ce produit parce qu'il a tout pour devenir la prochaine meilleure vente de la marque. C'est vraiment le produit parfait.

– Oui, je sais. C'est bizarre. Cette ligne de parfums s'adresse à toutes les générations, aussi bien aux adolescentes qu'aux mères et aux grands-mères.

Royce hoche la tête en ajustant ses fines lunettes sans montures, puis il lui tend une autre feuille, le regard perçant.

– Regardez ce concept marketing élaboré par l'une de vos stagiaires.

– Une stagiaire ? demande-t-elle en fronçant les sourcils, puis en parcourant rapidement le document. En général, les stagiaires transmettent leur concept à leur supérieur. Si l'idée plaît, le stagiaire peut travailler sur le projet dans le cadre du lancement officiel du produit, ce qui nous permet de mettre en avant le potentiel de nos jeunes recrues. Mon père a toujours défendu nos jeunes innovateurs. Pourquoi cette proposition n'est-elle pas remontée ? Elle est excellente.

Ses lèvres forment une ligne blanche. Royce hoche la tête et croise les bras.

– J'ai vérifié. Un manager a déjà proposé plusieurs fois les travaux de cette stagiaire, mais sous son propre nom. Cette fille est responsable du succès des deux derniers parfums de la marque. Curieusement, elle n'a pas été reconnue pour son travail. Au contraire, son superviseur lui a donné trois avertissements, qui figurent dans son dossier. Il serait intéressant de la convoquer pour en discuter avec elle. Non seulement elle semble être la meilleure tête pensante de tout le service marketing mais, en plus, ses idées ont contribué à la réussite de deux produits. Il semblerait que sa dernière proposition n'ait pas été mise en œuvre, ce qui explique que cette fameuse ligne soit en train de plonger.

Les sourcils froncés, Sophie décroche le téléphone et appuie sur un bouton.

– Stéphanie, pouvez-vous convoquer immédiatement Christiane Benoit du service marketing dans mon bureau ? *Merci**.

Je souris, appréciant qu'elle s'exprime en anglais pour nous.

Roy s'avance.

– Il va falloir nécessairement évoquer un des membres du conseil d'administration, car le manager marketing en question n'est autre que le fils de Louis Girard.

Son visage affiche une pointe de mépris.

– Cet homme n'a cessé de causer des problèmes depuis qu'il a investi dans le groupe. Mon père a engagé son fils Enzo pour signer la paix et l'entraide. Et voilà que ça nous retombe dessus.

Elle soupire et pose un coude sur le bureau, en laissant reposer sa tête sur sa main. Je peux voir, à son regard lointain, qu'elle réfléchit au meilleur moyen de sortir de cette situation.

Royce feuillette plusieurs documents, puis il fronce les sourcils.

– La situation se complique. J'ai récupéré le dossier personnel d'Enzo : sept plaintes pour harcèlement sexuel ont été déposées contre lui par sept femmes différentes. Pour chaque affaire, il n'a reçu qu'un simple avertissement de la part du responsable des ressources humaines. Il semblerait qu'un certain Monsieur Moreau le protège. Et pas qu'un peu, à ce que je vois. Quelle est votre politique en matière de harcèlement sexuel ?

– Nous avons une politique très stricte. Un avertissement, un blâme et, à la troisième plainte, c'est le licenciement.

– Enzo Girard a fait l'objet de sept avertissements en deux ans. Sophie, ce type n'apporte rien de bon à l'entreprise.

Il lui tend le dossier personnel qu'il vient de lire.

– *Oui, rien de bon en effet**.

Je replonge dans mes souvenirs de français du lycée. Elle est inquiète.

– Tu sais ce qu'il te reste à faire.

Sophie tapote sur sa lèvre inférieure.

– Ce n'est pas si simple de le vider.

Je souris.

– So', je pense que tu veux dire « le virer ».

– *Oui**. Voilà.

– Et pourquoi ? intervient Royce. Si ce type a déjà récolté sept avertissements, imagine le nombre d'employées qui préfèrent ne rien dire à son ami des ressources humaines ! Je parierais ma Breitling que beaucoup de femmes ont subi des mauvais traitements mais qu'elles n'en parlent pas par peur des représailles.

Elle prend une longue inspiration.

– Son père siège au conseil, il a de l'influence. Je vais devoir trouver le meilleur moyen de gérer cette situation.

Je me lève et viens me placer derrière elle. Je pose mes mains sur ses épaules et les masse jusqu'à ce qu'elle se détende et que la tension qui est apparue sur son visage s'estompe.

L'interphone sonne, la voix de son assistante retentit.

– Mademoiselle Benoit est arrivée.

– Faites-la entrer, lance Sophie.

Je retourne vers le canapé. Royce continue de parcourir les dossiers tandis que Sophie s'avance jusqu'à la porte pour accueillir son employée.

Une jeune femme timide fait son apparition. Un vrai délice. Petite et jolie, une natte jusqu'en bas du dos, elle porte un pantalon marine taille haute et un blazer ajusté blanc. Une beauté simple.

Sophie lui tend la main.

– C'est un plaisir de vous rencontrer, Mademoiselle Benoit. Je suis Sophie Rolland.

Elle s'adresse à elle en anglais, ce que j'apprécie.

– Voici Messieurs Ellis et Sterling, des collaborateurs américains. Ils assisteront à la discussion.

La stagiaire suit son exemple et s'exprime dans un anglais parfait.

– Enchantée. Puis-je connaître le motif de cette convocation ? Je dois dire que je suis un peu surprise d'être appelée dans le bureau de la présidente.

Ses jambes s'agitent, elle est apparemment nerveuse. Ça me rappelle la sensation que j'avais autrefois à l'école primaire, quand j'étais convoqué dans le bureau du principal pour avoir regardé sous la jupe d'une de mes camarades de classe. Je me suis intéressé très tôt aux filles.

– Mademoiselle Benoit, d'après ce que j'ai compris, vous avez soumis des propositions de concept marketing à votre supérieur, Monsieur Girard, c'est bien ça ?

Sa mâchoire se contracte, la commissure de ses lèvres se tend.

– Oui.

– Et deux d'entre elles ont considérablement favorisé nos lignes de produits, continue Sophie, directe et professionnelle.

Elle écarquille les yeux sous le coup de la surprise.

– Comment savez-vous que ces idées viennent de moi ?

– Grâce à mon détective, ici présent ! dit-elle en montrant Royce.

Il adresse un clin d'œil à notre cliente. Flirt. Je réprime une grimace. Sophie ne l'intéresse pas. Il aime les femmes aux fesses bien rondes et aux poitrines généreuses. Blanches, Afro-Américaines, Latinos, Asiatiques, des îles du Pacifique : l'ethnie n'a pas d'importance pour mon pote Roy. Tout est dans les courbes. Comme dans la chanson « Baby Got Back » de Sir Mix-a-Lot.

Christine triture nerveusement ses doigts, ce qui ne passe pas inaperçu aux yeux de Sophie.

– Je sais que ce même manager s'approprie votre travail et vos idées. Il est aussi arrivé qu'il vous fasse des avances inappropriées.

La stagiaire se met à tousser, elle détourne le regard et son joli visage s'assombrit.

– Vous pouvez parler librement avec moi, Mademoiselle Benoit. Je ne suis pas mon père, je me fiche de l'ordre établi.

– Visiblement, vous pensez que ce n'est arrivé qu'une fois.

– Ce n'est pas le cas ? demande Sophie, les yeux plissés.

Christine se redresse en serrant ses mains si fort que je vois ses phalanges blanchir.

– Il m'a fait un nombre incalculable d'avances. Un jour, il m'a même coincée dans un coin, tard après le travail, et j'ai dû lui donner un coup de genou dans les parties.

Le visage de Sophie pâlit, elle pousse un grognement.

– Il vous a touchée ?

Christine hoche la tête et détourne le regard.

– Plus d'une fois ?

Nouveau hochement de tête.

– Où exactement ?

Sophie s'exprime calmement, mais je perçois, à la façon dont elle serre les poings, qu'elle est tout sauf détendue.

Christine prend une longue inspiration et regarde dans ma direction, puis dans celle de Royce.

– Vous sentiriez-vous plus à l'aise si nous partions ? je demande en me levant.

Elle secoue la tête.

– Non, j'ai juste... honte.

– Il n'y a aucune raison d'avoir honte. Nous sommes là pour vous aider, mais nous devons tout savoir pour établir un dossier solide contre lui. Son père fait partie du conseil d'administration.

Christine laisse échapper un bruit de gorge.

– Je sais. Je me doutais qu'il n'aurait jamais de problème mais, chaque fois qu'il a tenté sa chance ou qu'il m'a touchée, j'en ai parlé à Monsieur Moreau.

– Touchée ? demande Royce, nerveux, la mâchoire serrée.

Merde. Pour Royce, il est impensable que l'on touche une femme sans son accord. Sa mère a subi des violences conjugales et il ne supporte pas qu'on fasse du mal à une femme.

– Roy, dis-je pour le raisonner.

– Christine.

C'est la première fois que Sophie l'appelle par son prénom. Très judicieux. Elle s'adresse à elle sur un plan plus personnel.

– Où vous a-t-il touchée ?

La stagiaire déglutit et survole sa poitrine d'une main.

– Ici. Et je ne compte plus les fois où il m'a touché les fesses. Le plus grave, c'est quand il m'a coincée dans un coin, comme je l'ai dit, mais je me suis vengée en lui donnant un coup de genou.

– Et vous en avez parlé à Monsieur Moreau ?

– Chaque fois.

– Christine, dit Sophie en se levant, imitée par son employée, je vous remercie de votre temps et j'apprécie votre honnêteté. Mon équipe reprendra contact avec vous. Votre engagement pour cette entreprise et la valeur de vos idées ne sont pas passés inaperçus. Dans les deux prochaines semaines, je vous ferai officiellement intégrer l'équipe. J'ai simplement besoin d'un peu de temps pour prendre les choses en main, vu les circonstances, dit Sophie, en référence au décès récent de son père.

– *Merci, merci, Madame**. Je n'aurais jamais espéré...

– N'arrêtez jamais d'espérer, l'interrompt Sophie en lui souriant. Mon assistante vous contactera bientôt pour discuter des modalités du poste, notamment du salaire et des avantages.

– *Merci**! lance Christine en se levant avec un grand sourire.

– Beau travail, dis-je en rejoignant Sophie, puis j'attrape sa main et l'embrasse. Je suis fier de toi.

– Oui, c'était très bien, ajoute Royce.

– Merci, Messieurs, dit-elle, mais j'ai encore du pain sur la planche.

Son visage affiche toute sa détermination. Elle décroche le téléphone.

– Stéphanie, convoquez Monsieur Moreau dans la demi-heure. Et je veux voir Monsieur Girard en suivant.

Je souris.

– On rassemble les quilles.

– *Strike*! conclut Royce.

Sophie, les mains posées sur les hanches, a des allures de super-héros. Elle semble gonflée à bloc, j'adore la façon dont elle se dévoile chaque jour un peu plus.

CHAPITRE 5

– Asseyez-vous, Monsieur Moreau, dit Sophie en désignant le canapé en face de la chaise derrière laquelle elle se tient.

Je dirais qu'il est âgé d'une cinquantaine d'années et cherche à impressionner par sa tenue : costume, cheveux courts et soignés, lunettes sans montures et chaussures onéreuses qui brillent comme un sou neuf.

L'homme déboutonne sa veste, s'installe confortablement sur le canapé, les jambes croisées et une main sur le genou. Il dégage une certaine suffisance, il doit se prendre pour le roi du monde.

– Que me vaut ce plaisir, *ma chère** Sophie ?

En entendant cette marque d'affection, je fais la grimace. Sophie ne nous a jamais dit qu'elle était proche du responsable des ressources humaines et elle ne semblait pas attristée par ce que nous avons découvert. Elle était surtout en colère, furieuse même. Elle plisse les yeux et pose les mains sur le dossier de la chaise. Elle reste debout, en position de force, tandis que lui est assis. Bien joué.

En attendant l'arrivée de Moreau, Royce et moi l'avons conseillée sur la gestion d'une situation impliquant un cadre supérieur. Nous lui avons exposé les différentes possibilités qui s'offrent à elle, passant en revue les réactions possibles, ses choix et leur impact sur le groupe. Nous avons également vérifié la politique de l'entreprise et débattu des meilleures façons de traiter quelqu'un d'aussi ordurier que Moreau. Jusqu'à ce qu'elle nous annonce, le dos droit et le menton relevé, qu'elle se sentait prête.

Du canapé où je suis assis, de l'autre côté de la pièce, je me rends compte qu'elle l'est vraiment.

– Je ne suis pas votre *chère** Sophie. Je suis Madame Rolland, et rien d'autre.

L'homme, irrité, se redresse.

– Si je suis allé trop loin, je vous prie d'accepter mes excuses.

– Effectivement, vous êtes allé trop loin.

Son ton est neutre. Je voudrais la soutenir, mais je reste silencieux.

– Veuillez m'excuser, dit-il, la mâchoire serrée, comme si prononcer ces mots lui faisait mal.

Elle hoche brusquement la tête.

– Je vous ai fait venir aujourd'hui, parce que j'ai constaté qu'un des employés a fait l'objet non pas d'une mais de sept plaintes différentes pour harcèlement sexuel.

Il fronce les sourcils.

– Impossible, il aurait été licencié au bout de trois avertissements.

Sophie fait la moue et se dirige vers son bureau pour récupérer le dossier de Girard qu'elle tend à Moreau.

Les lèvres de ce dernier tremblent, comme pour signifier que le fait d'être contredit l'agace.

– C'est le fils de l'investisseur le plus respecté. Je pensais que votre père, et maintenant vous, préfériez protéger Monsieur Girard, du fait de sa position dans l'entreprise.

Sophie se met à rire en penchant la tête en arrière. Le visage de Moreau prend une teinte rouge betterave et sa bouche se tord de façon disgracieuse.

– Cela vous fait rire ?

Sophie baisse la tête. C'est une femme pleine de fougue et soucieuse de justice qui se dresse désormais devant nous.

– Sept plaintes. Sept.

– Il a été dénoncé à chaque fois par des femmes différentes et j'ai pris la liberté d'accorder de l'importance à ce point. Aucune n'a renouvelé sa plainte, hormis Mademoiselle Benoit. Évidemment, Monsieur Girard n'a pas les yeux dans sa poche et il a un penchant pour la grossièreté. Est-il pour autant passible d'une punition ? demande-t-il d'un ton amusé.

– Vous êtes en train de le défendre ? lance Sophie.

Elle marque un point.

Ce type est un tel crétin ! Les salauds comme lui ternissent la réputation des autres hommes qui ont des responsabilités. Je dirige une société, et ça ne m'empêche pas d'aimer et de respecter les femmes. Je n'hésiterais pas à traîner ce type dans une rue sombre pour lui montrer ce qu'un homme, un vrai, pense de sa morale et de ses principes. Je lui donnerais une bonne leçon qu'il n'oublierait pas de si tôt.

Moreau tousse et se lève.

– N'est-ce pas mon rôle de protéger cette société du scandale ? J'ai du mal à croire que Monsieur Girard père jugerait une infraction de cet ordre passible de la moindre sanction.

C'est faux. Une seule inculpation pour harcèlement peut saigner à blanc une entreprise.

– Ce n'est pas à vous d'en décider. Contentez-vous de faire votre travail !

Sophie hausse le ton, sans tout à fait crier. Elle est vraiment incroyable.

– C'est ce que j'ai fait.

– En donnant à Monsieur Girard la permission tacite de harceler impunément les femmes de cette entreprise ? L'une d'entre elles a déclaré avoir été harcelée et touchée à plusieurs reprises. Aucune de ces déclarations ne figure dans le dossier de Girard.

Moreau fulmine, contournant la table pour se diriger vers Sophie. Royce fait un pas en avant, sans dire un mot, les bras croisés sur la poitrine. Il est imposant. Quand un homme bien bâti d'un mètre quatre-vingt-quinze en dévisage un autre d'une tête de moins – et beaucoup plus frêle, en comparaison –, ce dernier recule. Et vite.

Moreau fait demi-tour. Assis sur le canapé, je me détends sans pour autant les quitter des yeux.

– Plusieurs fois, vous avez omis de rapporter des cas de harcèlement sexuel, continue Sophie.

– Si vous faites référence à la stagiaire, sachez que Mademoiselle Benoit l'a bien cherché. Il m'a tout expliqué. Elle a flirté avec lui avant de jouer l'offensée quand il a répondu à ses avances.

Quel baratin ! Il invente tout. J'ai la chair de poule en réalisant qu'un type comme ça dirige les ressources humaines.

– Et vous l'avez interrogée ? Attention à ce que vous allez dire, je lui ai déjà parlé, poursuit Sophie.

Mon dégoût pour cette limace grimpe en flèche.

– Oui, plusieurs fois. Je lui ai expliqué que tout cela n'était qu'un malentendu. Et puis, elle n'est pas officiellement employée par le groupe. Qui faut-il croire ? Le fils d'un membre du conseil qui travaille ici depuis des années ou une stagiaire immature tout juste sortie de son école ? La réponse coule de source, dit-il en faisant un geste de rejet. Votre père aurait dit la même chose.

– Lui avez-vous rapporté la situation de son vivant ? Cela dure depuis des années, si j'en crois l'historique des plaintes.

Moreau fronce les sourcils, lève la tête et gonfle la poitrine dans un accès exagéré de bravoure.

– Je n'ai pas eu à le faire. Votre père me faisait confiance. Il aurait géré la situation de la même manière.

– Vous vous trompez. C'est mon père qui a mis en place les mesures contre le harcèlement. Il a une fille unique. Une femme. Il n'aurait jamais accepté que je me fasse harceler sur mon lieu de travail et n'aurait jamais supporté l'idée qu'une femme soit traitée comme un objet, surtout dans son entreprise. Il les respectait, toutes. Il traitait chacun de ses employés avec respect et bienveillance, indépendamment de leur sexe.

Bien dit. J'aimerais lui taper dans la main. Je jette un coup d'œil à Roy et, à voir son petit sourire, je devine que lui aussi est fier d'elle

– Que voulez-vous que je vous dise, *ma chère** ? Nous voici dans une impasse, car votre père n'est plus là pour régler ce différend.

Je vois alors la belle femme d'affaires au mental d'acier refaire surface. La scène vaut le coup d'œil. Sophie se tient droite, mâchoire serrée et tête inclinée.

– C'est la deuxième fois que vous m'appelez ainsi. Je vous rappelle que je suis votre supérieure. Je dirige cette entreprise et je suis responsable de toutes les personnes qui la composent. Quand quelqu'un ne fait pas son travail et ne respecte pas les règles établies pour préserver la sécurité des personnes, des décisions difficiles doivent être prises. À ce titre, je suis désolée de vous annoncer, Monsieur Moreau, que vous êtes relevé de vos fonctions au sein du groupe Rolland.

L'homme recule, une main sur la poitrine, le souffle coupé. C'est visiblement un coup dur pour lui.

– Vous rigolez !

– Je suis tout à fait sérieuse, Monsieur Moreau. Vous êtes licencié. Sur-le-champ. Vos indemnités vous seront versées par le service comptabilité dans les quarante-huit heures.

Royce s'avance et passe sa main autour du bras de Moreau.

– Je vous accompagne chercher vos affaires, dit-il avec un ton de voix semblable à un coup de tonnerre, net et profond.

– C'est absurde ! Ça fait vingt ans que je travaille dans cette entreprise, c'est votre père qui m'a engagé. Vous ne pouvez pas me faire ça !

Sophie croise les bras.

– Je peux le faire et je l'ai fait. Je vous en prie, ne compliquez pas les choses. Monsieur Sterling va vous accompagner à votre bureau et vous pourrez récupérer vos affaires avant de partir. Vous recevrez vos indemnités par la poste. Merci pour vos années de service et bonne chance, Monsieur Moreau.

– Vous allez regretter cette décision ! Je vais vous le faire payer, s'écrie-t-il pendant que Roy le pousse vers la porte.

– J'en doute sérieusement, répond-elle.

Sophie sourit tendrement. C'est un peu comme se prendre une gifle d'une princesse Disney.

– Allez, partez ou je m'en occupe. Vous avez tout intérêt à ce que je n'aie pas à froisser mon costume, lâche Roy avec un grognement de félin. Sinon, ça va vous coûter cher.

Roy chasse l'homme furieux de la pièce et referme la porte derrière lui.

Sophie prend une grande inspiration. Ses épaules s'affaissent. Je vois son visage se décomposer et des larmes couler sur ses joues. Je la serre dans mes bras en lui caressant les cheveux.

– Tu t'en es très bien tirée, Sophie. C'était très bien. Je suis fier de toi.

Elle renifle dans ma chemise, secouée de sanglots.

– Vrai... ment ?

Je hoche la tête et embrasse ses tempes. Je laisse mes lèvres contre sa peau pour qu'elle me sente prononcer ces mots.

– Oui. Tellement fier. Tu as pris la situation en main et tu as défendu la bonne cause en montrant l'exemple sur la façon de diriger cette entreprise. Ensuite, tu as appliqué les règles. C'est tout toi, So'.

Ses bras enserrent mes hanches et elle appuie une oreille contre ma poitrine. Elle est si chaude et si petite dans mes bras. Je pourrais la tenir comme ça un siècle entier. La protéger à tout prix. En si peu de temps, je me suis attaché à elle et je serais incapable d'expliquer pourquoi.

– Il n'y a pas d'autre solution pour lui. (Je veux qu'elle intègre ce fait.) Il n'a plus sa place ici. Il a enfreint les règles de l'entreprise et protégé un homme qui a maltraité des femmes, pendant des années. Ce ne sera jamais toléré. Tu as fait ce qu'il fallait, n'est-ce pas ?

J'ai besoin de savoir ce qu'elle en pense.

Elle hoche la tête.

– Oui, mais ça reste difficile. Je n'avais encore jamais licencié personne.

Je passe mes doigts dans ses cheveux. Ils sont doux et soyeux et je ressens exactement ce que doit ressentir un homme quand il passe ses doigts dans les cheveux d'une femme.

– En étant à la tête d'une entreprise de cette taille, il y a beaucoup de choses que tu n'aimeras pas faire. Des milliers d'employés à prendre en compte à chaque décision, des gens qui ont tous une vie, un foyer, des factures à payer. Et qui doivent pouvoir travailler en se sentant en sécurité. Aujourd'hui, tu œuvres en ce sens. Et à présent, tu dois t'occuper de Girard.

– Stéphanie m'a envoyé un SMS. Il est en congé maladie. Ça devra attendre.

– Tant mieux. Un peu de repos ne te fera pas de mal, tu vas pouvoir digérer tout ça. D'ailleurs, que dis-tu d'un dîner en tête à tête pour me faire pardonner ?

Sophie pose son menton sur mon sternum et me regarde avec ses jolis yeux tristes.

Je tiens tendrement son visage entre mes mains et essuie ses larmes du pouce.

– Ça va bien se passer. Avec le temps, tout deviendra plus facile, j'ajoute.

– Merci d'être là. De m'aider à apprendre toutes ces choses.

En dépit de tout bon sens, je me penche et presse mes lèvres contre les siennes. Et voilà, j'ai embrassé deux filles dans la même journée.

Qu'est-ce qui cloche chez moi ?

Je me recule avant que le désir d'aller plus loin prenne le dessus.

– On va dîner ?

Sophie sourit légèrement.

– Oui, allons dîner. Et boire beaucoup de vin.

♦ ♦ ♦

– Je ne m'attendais pas à ce que tu m'emmènes au Jules Verne de la tour Eiffel, dit Sophie en me serrant la main tandis qu'un serveur nous conduit jusqu'au passage réservé aux clients du restaurant.

Nous voilà au cœur de l'imposant monument, entourés de barres en acier et d'un foisonnement de rivets. Nous patientons devant l'ascenseur qui accède lentement à l'étage du restaurant, à cent dix mètres au-dessus du sol.

– *Madame, Monsieur**.

Le serveur, vêtu d'un élégant costume noir, désigne l'intérieur vide de l'ascenseur en verre. Le soleil se couche à l'horizon pendant que nous gravissons le monument le plus emblématique de France.

– C'est incroyable ! s'exclame Sophie en se penchant contre moi.

Je fronce alors les sourcils.

– Tu n'es jamais montée à la tour Eiffel ?

– Si, mais dans mon enfance, à l'occasion d'une visite avec l'école. Bien sûr, je la vois tout le temps d'en bas, mais je n'y étais pas revenue depuis.

Je passe un bras autour de sa taille.

– Je suis content qu'on le fasse ensemble.

– Encore une première fois inoubliable ?

Elle se souvient de notre premier baiser.

– Oui. Avec une belle femme à mes côtés que je n'oublierai jamais.

– Alors on devrait s'embrasser, *tu ne crois pas** ?

Elle se retourne, colle son buste contre le mien et passe ses bras autour de mon cou.

– Les souvenirs inoubliables doivent toujours s'accompagner d'un baiser.

Je me penche et caresse sa joue.

Elle se hisse sur la pointe des pieds et approche ses lèvres à un centimètre des miennes.

– Ne réfléchis pas. Fais-le.

Assez parlé. Je presse mes lèvres contre les siennes et l'embrasse passionnément. Elle ouvre instinctivement la bouche. J'accepte son invitation, je la dévore. Son parfum sucré et épicé m'envoûte et me fait planer tandis que sa langue danse avec la mienne. Je fais pivoter sa tête vers la gauche, puis vers la droite, m'enfonçant toujours plus loin, mû par un désir insatiable. Notre baiser s'embrase, nos corps s'entrechoquent pour se rapprocher au maximum. J'ai envie de peau... de sa peau.

Je fais glisser ma main de sa joue à son cou puis je la pose sur ses seins, à travers la soie de sa robe. Je descends plus bas, jusqu'à l'ourlet. En un rien de temps, j'agrippe la peau de velours de sa cuisse. Je la pousse contre la paroi en verre et je me frotte contre son corps en suçant sa langue.

Elle gémit dans ma bouche, pile au moment où l'ascenseur s'arrête et que retentit l'ouverture de la porte. Je dois faire un sacré effort pour m'écarter de la sensualité de sa bouche et de son corps, mais je finis par y arriver. Elle passe alors ses mains sur sa robe pour redevenir présentable. C'est tellement facile pour les femmes. Il leur suffit de respirer un bon coup pour dissimuler leur désir et leur attirance, contrairement à nous qui conservons une crosse de hockey entre les jambes quand l'excitation est trop grande. On peut toujours attribuer des joues rouges à la chaleur ou aux hormones. Seulement un homme ne peut pas se contenter d'une explication de ce genre quand il présente une érection aussi longue que la tour Eiffel !

Je boutonne ma veste et fais passer Sophie devant moi. Un serveur prend nos noms. J'ai réservé dans la matinée, quand nous nous rendions au siège de *Rolland Group Inc.* J'ai eu de la chance que le restaurant ne soit pas complet. En fait, il n'est pas si difficile d'obtenir une réservation en milieu de semaine quand on est prêt à débourser plusieurs centaines d'euros pour un plat.

Nous prenons place à une table parfaite pour deux, face à de grandes baies vitrées offrant une vue spectaculaire sur Paris au crépuscule.

– Ce soir, c'est le chef Bernard Merle qui est en cuisine, un véritable génie culinaire, dit Sophie en esquissant un grand sourire que je me promets de faire réapparaître.

– Ah bon ?

– *Oui**. Mon père en a toujours dit beaucoup de bien. Il mangeait souvent dans ce restaurant quand j'étais à l'université. Il adorait son pays et tout ce qui est éminemment français. Il m'avait promis de m'y amener. Hélas, ça ne se sera jamais fait.

Elle regarde par la fenêtre. La tristesse a pris le dessus sur la joie qu'elle ressentait plus tôt.

Je pose ma main sur la sienne.

– Alors, portons un toast à Monsieur Rolland et savourons ce repas en son honneur.

Sophie hoche la tête et sourit tendrement.

– Ça me ferait plaisir.

Le sommelier arrive à notre table et nous sert le premier verre de vin des six que nous boirons au cours du repas. Ce premier vin blanc au nom français compliqué est servi frais ; son goût se rapproche d'un sauvignon blanc de Nouvelle-Zélande.

Nous dégustons le premier plat en profitant de la vue sur un ciel parsemé de lueurs roses et violettes. Des lumières commencent à scintiller au loin dans les immeubles de la ville et sur les grands monuments, elles me font penser aux lucioles qui brillent sur les vastes plaines de mon Massachusetts natal.

On nous apporte la deuxième combinaison de plat et de vin, précédée d'une petite mise en bouche à base de crème à l'oseille.

Dès que Sophie prend une bouchée, elle soupire béatement, ce qui réveille une fois de plus mon entrejambe. Après mes ébats de la nuit passée avec Yeux bleus, cette partie de mon corps devrait être épuisée. Pourtant, Sophie a un effet magique sur mon désir. J'ajuste mon pantalon pour y faire plus de place tout en m'assurant que la nappe blanche dissimule toute vulgarité proéminente.

– So', parle-moi un peu de toi. À quoi ressemble la vie d'une héritière française ?

Elle prend une gorgée de vin, puis se pince les lèvres.

– Ma vie n'est vraiment pas aussi intéressante qu'on pourrait le croire. J'ai passé les six dernières années de ma vie à l'université. J'ai fait une école de commerce. Avant la fac, je passais tout mon temps à l'école et je dédiais le reste aux activités extrascolaires, à des cours de langue et de piano, notamment. Mon père se montrait intransigeant avec les langues, il voulait que je parle couramment celles qui sont communément pratiquées dans le monde des affaires.

– Ah bon ? Tu en parles combien ?

Elle lève la main.

– Je parle anglais, bien sûr. (Elle abaisse un doigt.) Mais aussi italien, espagnol et allemand. Et un peu de japonais, mais j'ai des difficultés avec les langues asiatiques.

Je cligne des yeux, ahuri.

– Tu parles cinq langues !

– Six, en comptant le français. Un jour, j'espère mieux maîtriser les langues d'Asie.

– Sophie, tu m'impressionnes.

Je me mets à rire tout en finissant mon verre. Elle m'imite, et le sommelier nous apporte encore un vin délicieux d'une autre région de France. Cette fois, il a un arrière-goût beurré avec une note citronnée qui me rappelle le chardonnay produit en Californie.

– Puis-je te demander ce qui est arrivé à ta mère ?

Je saisis un feuilleté, le glisse dans ma bouche et pousse un grognement quand le goût de l'huile d'olive au romarin dont est imbibée la pâte réveille mes papilles. Exquis.

Sophie attend la fin de mon orgasme culinaire avant de répondre.

– Ma mère est morte en me donnant la vie. Je ne l'ai jamais connue, mais mon père était fou d'elle. Il ne s'est jamais remarié. Je pense que quand on trouve sa moitié, peu importe le temps que l'on passe avec elle, on ne veut plus que cette personne. En tout cas c'est ce que mon père disait toujours.

– Il a raison. Mes parents se sont connus au lycée et se sont mariés dans la foulée, à seulement dix-neuf ans. Ils ont eu mon frère, Paul, puis moi, deux ans plus tard.

Ça fait trente-six ans qu'ils vivent heureux ensemble. Mon père me jure, depuis toujours, qu'on sait immédiatement quand on a rencontré la femme de sa vie. Il dit qu'on le sent au plus profond de son être et de son cœur, presque comme une souffrance physique.

– Tu y crois ? demande-t-elle en faisant tournoyer le liquide doré dans son verre.

J'acquiesce d'un signe de tête et m'adosse à la chaise, le vin et à la présence adorable de Sophie m'ont agréablement détendu.

– Rien ne me pousse à ne pas y croire. Je lui fais confiance. Et puis, je ressemble beaucoup à mon père.

– As-tu déjà ressenti cette sensation ou cette souffrance avec quelqu'un ?

Je secoue la tête.

– Non. Je pense que je ne suis pas prêt. Ces dernières années, j'ai été trop occupé à développer *International Guy Incorporated* avec mes associés. Je ne me suis concentré que sur cette activité. Peut-être que je suis passé à côté de la femme de ma vie ?

Sophie se met à rire.

– Non, je ne pense pas. Comme l'a dit ton père, tu le sauras quand ce moment se présentera. Moi aussi, je m'ouvre à cette possibilité, mais, comme toi, je dois me concentrer sur mon travail et maintenir l'entreprise de mon père en vie. C'est ce qui compte le plus pour moi.

Je me mordille les lèvres et lui souris :

– Je comprends. J'imagine que tu trouveras un jour l'homme de ta vie à travers les affaires que tu mèneras.

Sophie lève son verre.

– Au grand amour que l'on trouvera au travail ou ailleurs, lance-t-elle en riant.

Je fais tinter mon verre contre le sien.

– Au grand amour que l'on trouvera quand ce sera le bon moment.

Sophie fronce les sourcils.

– Ce n'est jamais le « bon moment ». Ça arrive, et puis c'est tout.

Pendant un moment, je réfléchis à ce qu'elle vient de dire. Elle n'a pas tort.

– Tu as raison, dis-je en levant mon verre plus haut. Trinquons au grand amour qui arrivera quand il voudra.

CHAPITRE 6

La cuisine du restaurant est absolument délicieuse, sans parler de la vue imprenable sur Paris et du vin qui coule à flots. Naturellement, je passe un très bon moment avec Sophie. Ça faisait longtemps que je n'avais pas autant ri avec une fille.

– Tu es vraiment d'une très agréable compagnie, dis-je en prenant une nouvelle bouchée de canard confit.

Je goûte à tout ce qu'on nous apporte ; chaque plat se révèle d'ailleurs meilleur que le précédent.

– Tu es *drink* !

J'éclate de rire en tapant du poing sur la table, ce qui fait vibrer et tinter les verres. Par chance, rien ne tombe – une maladresse bien trop impolie face à une héritière. Mais quelque chose me dit que Sophie n'est vraiment pas coincée. Cette fille accepte sans broncher ce qui lui arrive.

Manque-t-elle d'expérience dans les affaires ? Oui, mais elle peut compter sur son instinct. Il suffit que Royce l'aide à perfectionner ses compétences et elle sera bientôt des plus qualifiées. Seuls ses goûts vestimentaires laissent encore à désirer, d'autant qu'elle vit dans la capitale mondiale de la mode et qu'elle peut se permettre d'essayer tous les créateurs. Seulement, j'aime bien son côté excentrique. Et puis elle est curieuse et apprend vite.

– On dit « *drunk* », pas « *drink* » ! dis-je en riant de plus belle, mais j'essaie de me contenir.

Elle éclate de rire à son tour, puis elle sirote son quatrième verre de vin, un chianti d'Italie qui se marie parfaitement au canard. Au fil des plats, le vin que l'on nous propose semble s'épaissir et s'assombrir. Ça me va très bien, j'adore le vin et la bonne cuisine. L'assemblage des deux ne peut être qu'une réussite.

– Raconte-moi, chère Sophie, quels sont les passe-temps d'une jeune femme comme toi ?

Elle pose un coude sur la table et appuie sa tête contre sa main.

– Je lis et regarde des séries sur Netflix.

J'ouvre grand la bouche, exagérant mon étonnement.

– C'est pas vrai !

Elle hoche la tête.

– Mais si ! J'adore la série *Leverage*[2]. Elle met en scène une équipe de justiciers qui braquent des méchants pour rendre ce qu'ils ont volé aux pauvres. Un peu comme des Robin des bois des temps modernes.

– Je l'ai vue ! J'adore cette série. D'ailleurs, il y a un personnage qui s'appelle Sophie.

– Et un autre qui s'appelle Parker ! s'exclame-t-elle gaiement.

– Ah oui ! Tu as raison. Sauf que Parker est blonde et qu'elle fait plein d'acrobaties.

Sophie acquiesce.

– Oui, oui* ! Je suis sûre que tu pourrais faire partie de leur équipe. Tu es beau et tu as le look qu'il faut. En plus, je parie que tu as plus d'un track dans ton sac...

– On dit des *tricks*, bécasse !

---

2. *Les justiciers*, en français.

Elle pose une main sur sa bouche et continue à rire. Au bout de quelques verres, ses joues ont nettement rosi.

– Et toi, que fais-tu quand tu as du temps libre ?

Elle prend une gorgée de vin, une goutte rouge luit sur ses lèvres. Si j'étais assis à côté d'elle, je lécherais sa bouche. Sa saveur mélangée au vin doit être délicieuse. Elle passe sa langue sur ses lèvres et je pousse un grognement tout en glissant ma main dans mes cheveux.

Le vin me réchauffe, j'ai le sentiment de ne plus me soucier de rien quand je suis avec Sophie. Je n'ai pas l'impression qu'il s'agit un dîner d'affaires alors que c'est ma cliente. Une fois de plus, j'ai manqué de professionnalisme : je l'ai embrassée et lui ai caressé les fesses la veille, avant de recommencer aujourd'hui dans l'ascenseur. La relation qui nous lie nous fait naviguer en eaux troubles. Je devrais y mettre un frein, mais elle a été suffisamment claire : si nous devenons amants à Paris, ce ne sera qu'une aventure passagère. Voilà exactement ce qu'elle a dit, je n'ai rien inventé. Et je suis tout à fait d'accord avec cette décision. Je n'arrête pas de penser aux nuits que je pourrais passer entre ses cuisses.

– Euh... Parker, tu es toujours là ? demande-t-elle en fronçant les sourcils.

J'écarte toutes les pensées voluptueuses qui ont envahi mon esprit.

– Excuse-moi, je réfléchissais. Tu veux connaître mes passe-temps ?

– *Oui**.

– Eh bien, là où j'habite, mon père tient un pub qui s'appelle le Lucky's. J'y retrouve les gars un à deux soirs par semaine pour boire des coups et manger. On discute, on joue au billard, ce genre de choses, quoi.

– Vous devez bien vous amuser. Tu es très proche de Royce et Bo, n'est-ce pas ?

Je hoche la tête.

– Oui. Ce sont plus que des associés. Ils font partie de ma famille, je les considère comme des frères.

– C'est important dans une petite entreprise.

– Exactement. C'est comme ça qu'on arrive à faire en sorte que ça marche. Je m'occupe des tâches quotidiennes, ils s'occupent des missions à l'extérieur. En revanche, pour des clientes importantes comme toi... (je m'interromps, en levant les sourcils) on se déplace tous les trois et on dégaine l'artillerie lourde.

Elle ricane.

– L'artillerie lourde ? Comme à la guerre !

Encore une fois, elle me fait rire.

– Non, rien à voir. Simplement, lorsque nous nous déplaçons tous les trois, c'est le signe que la cliente est très importante. C'est donc ton cas.

Le serveur nous apporte un autre plat et j'ai les yeux qui brillent.

– *Mon Dieu** ! Tu vas m'engraisser !

Je secoue la tête.

– Mais non, tu es parfaite. Mange, c'est le dernier plat avant... le dessert, dis-je en remuant les sourcils pour la faire réagir.

Contre toute attente, elle se penche vers moi, s'humecte les lèvres et chuchote :

– Je pensais qu'on prendrait le dessert à l'hôtel, dans ton lit ?

J'ai l'impression que ma tête va exploser. Je ne m'attendais pas du tout à cette réponse.

– Sophie, je ne vais pas te ramener dans mon lit ce soir, même si j'en meurs d'envie.

Nom d'une pipe ! Qu'est-ce que je viens de dire ?

Elle affiche une moue et s'adosse à la chaise.

– Je ne comprends pas : tu as envie et j'ai envie... Sache que je ne suis pas fleur bleue, si c'est ce qui t'inquiète.

J'attrape sa main et la retiens dans la mienne.

– Sophie, tu mérites bien mieux qu'un coup d'un soir.

– Mais, la fille de ce matin... tu ne lui as pas dit non...

Je l'interromps.

– J'avais bu, Sophie. Beaucoup bu. Et puis, j'étais encore fatigué par le décalage horaire. Sinon, jamais je ne l'aurais ramenée dans ma chambre alors que je t'avais embrassée le même jour. Pour être honnête, j'ai vraiment eu honte. Je ne connaissais même pas son nom.

Elle écarquille les yeux.

– Tu as couché avec elle et tu ne sais même pas son prénom ?

Je serre sa main. Je dois avoir l'air dépité, en tout cas je me sens vraiment con.

– Écoute, je ne vais pas te mentir et prétendre que je n'ai jamais ramené de filles chez moi juste pour une nuit. Je l'ai fait un nombre incalculable de fois. Mais ça ne te correspond pas. Tu es une cliente en passe de devenir une amie. Tu mérites qu'on te fasse une cour digne de ce nom. Un simple dîner et quelques jours de travail ne suffisent pas.

Elle retire sa main et la pose sur sa cuisse.

– Si c'est ce que tu penses...

– Sophie, ma chérie... tu es une fille en or et tu mérites le plus grand des respects. Les hommes doivent te traiter en princesse, jamais autrement. D'accord ?

Au lieu de détourner le regard comme je l'imaginais, elle me dévisage.

– Tu penses vraiment que je vaux mieux que ça ?

Je lui souris et contemple ses joues roses, ses yeux couleur chocolat, son long cou et sa bouche faite pour être embrassée.

– Évidemment. C'est ce que je vais te prouver cette semaine.

Elle esquisse un sourire aguicheur.

– J'ai hâte.

– Moi aussi, je rétorque en me mordillant les lèvres.

◆◆◆

Le lendemain, Bo entre dans le salon de coiffure comme s'il lui appartenait. Il se rend directement auprès du propriétaire, pose une main sur son épaule, lui serre la main, avant de se retourner, le bras tendu vers Sophie.

– Voici Mademoiselle Sophie Rolland, la jeune femme dont je vous ai parlé.

Sophie avance vers eux, la tête haute. La fille que j'ai rencontrée il y a quelques jours est déjà bien loin. Elle fait la bise au gérant. Ce dernier porte une crête épaisse qui lui va à la perfection ; il est vêtu d'un sweater noir aux manches remontées et d'un pantalon assorti, avec des mocassins en cuir noir sans chaussettes. Je remarque ce détail parce que son pantalon ne lui arrive qu'aux chevilles. Ce n'est pas mon style, mais ça lui va bien.

– *Ma chérie**, vous serez mon chef-d'œuvre. Quand j'en aurai fini avec vous, votre homme tombera à vos pieds.

Sophie fronce les sourcils.

– Je suis célibataire.

L'homme sourit.

– Alors, vous ressortirez d'ici accompagnée. Asseyez-vous, je m'occupe de tout.

J'agrippe le coiffeur par l'épaule, que je serre pour lui faire passer mon message.

– Du calme, mon vieux, dis-je en jetant un coup d'œil à l'enseigne sur la porte qui dit « *Salon de Coiffure Dorian Petit* ». Dorian, c'est ça ?

Il acquiesce sans rien dire.

– Traite-la avec respect, d'accord ?

– Monsieur Montgomery a précisément réservé nos services haut de gamme pour clients VIP. Si vous voulez bien me laisser travailler...

Il se dégage de mon étreinte, puis il attrape un peignoir qu'il secoue dans les airs comme s'il s'apprêtait à affronter un taureau. Il le pose autour du cou de Sophie pour protéger ses vêtements.

Bo me saisit par le bras et m'entraîne dans un coin.

– Arrête de t'en mêler. Tu empiètes sur mon territoire. Bon sang, fais-moi confiance !

– Il a dit qu'il allait s'occuper de tout.

Bo hoche la tête et caresse machinalement son menton.

—Évidemment ! Il va lui couper les cheveux. Détends-toi ! Je pensais que ta nuit avec la fille aux gros seins t'aurait changé les idées. Mais tu baves encore devant notre cliente ?

Je soupire.

– Ça ne te regarde pas.

– Merde alors, elle t'obsède encore. Fais ce que tu veux, mec. Mais arrête de prendre tes grands airs et laisse-moi m'occuper de mon domaine. Je te propose d'aller faire un tour, de répondre à tes mails ou de trier les CV d'assistants envoyés par l'agence de recrutement. Occupe-toi de la paperasse, fais des recherches. La poule aux œufs d'or nous picore dans la main. Tout va bien, tu peux nous laisser tranquilles. Je m'occupe de Sophie, dit-il en désignant la porte. Allez, du vent !

D'accord. Je lève les bras en signe de capitulation.

– De toute façon, il faut que j'aille faire des courses.

– Super. Tant que tu y es, profites-en pour appeler le recruteur. Il me harcèle depuis des jours, mais je ne sais absolument pas quel candidat embaucher. Débrouille-toi pour trouver quelqu'un.

– Comme si c'était simple de trouver la bonne personne pour nous aider ! On n'est pas du genre à rédiger des rapports ou des comptes-rendus. Il nous faut quelqu'un de discret, capable d'acheter de la lingerie, de passer des appels pour demander à une femme puissante sa taille de soutien-gorge, quelqu'un de suffisamment compétent pour mener des recherches sur nos clientes avant que nous les rencontrions. Pas vraiment le genre d'annonce qu'on poste sur *Le Bon Coin*.

– C'est pour ça que nous nous sommes mis d'accord pour engager un recruteur qui nous coûte un bras. Mec, il faut que tu t'en occupes, moi je dois décider de la couleur des mèches de Sophie. Tu veux bien me laisser travailler ?

Je lui donne un coup dans l'épaule.

– Aïe ! Ça fait mal. Ne me frappe pas là... dit-il en pointant du doigt son biceps. Tape-moi plutôt là. (Il caresse son cœur avec la main en exagérant une moue.)

– Tais-toi, dis-je dans un grognement.

Bo se met à rire et me pousse vers la porte.

– Allez, ouste ! Ne reviens pas avant deux heures au moins. Elle en a pour un moment.

Sans un mot de plus, je sors du salon. Le chauffeur ouvre la porte de la limousine.

– Où allons-nous, Monsieur ?

– Je dois retourner aux *Galeries Lafayette* pour faire quelques courses. Vous voulez bien m'y accompagner et patienter là-bas ? Sinon, je peux prendre un taxi.

Il secoue la tête et me fait signe de prendre place.

– Aucun problème. Je suis là pour vous servir, comme Mademoiselle Rolland. D'après ce que j'ai compris, elle va être occupée pendant quelques heures. Je suis ravi de vous conduire où bon vous semble.

– *Merci beaucoup**.

◆◆◆

Les *Galeries* me paraissent aussi grandioses que la dernière fois. J'ai du mal à croire que c'est au centre de ce grand magasin que, quelques jours plus tôt, j'ai embrassé Sophie pour la première fois. Même si j'ai totalement manqué de bon sens, je ne regrette pas de l'avoir fait. Cela a permis d'éveiller la sensualité de Sophie, mais j'ai aussi pris conscience qu'on peut parfois être attiré par une personne et choisir d'entretenir une amitié autant que du sexe.

Une amie avec les bénéfices d'un plan cul.

Ce n'est pas le genre de relation que j'ai pu avoir dans le passé. En ce qui me concerne, soit je fréquente une fille de façon exclusive, ce qui ne dure généralement pas plus de quelques semaines – jusqu'à ce que le travail prenne le dessus –, soit je reste célibataire. Voilà pourquoi je n'ai pas menti à Sophie et que j'ai reconnu avoir eu beaucoup d'aventures d'un soir. Dans le cadre de ma profession, je rencontre beaucoup de femmes. J'adore les femmes, surtout, j'adore coucher avec elle. Je ne serais pas encore célibataire à vingt-neuf ans si je n'aimais pas le sexe de façon régulière. En général, je ne m'engage pas auprès d'une fille plus de quelques nuits et je ne les perçois pas comme des amies. Une fois que nous avons terminé nos affaires, je n'envisage jamais de les recontacter.

Rien que d'imaginer ne plus jamais revoir Sophie une fois que j'aurai quitté la France me dérange. Je ressens une sensation désagréable dans la poitrine. J'aime beaucoup cette fille. J'apprécie nos conversations et le temps que nous passons ensemble. En plus, elle est belle et terriblement sexy, mais elle ne s'en rend pas compte. C'est pour ça que j'interviens : pour lui montrer qu'elle est désirable, pour l'aider à avoir confiance en elle dans tous les aspects de sa vie. Elle doit gérer un empire, entrer dans la cour des grands, apprendre à jouer avec sa sensualité et sa féminité, se sentir libre d'explorer de nouvelles choses. Je veux lui rappeler qu'elle est jeune et qu'elle a le droit de lâcher prise de temps en temps. J'espère réussir à lui transmettre toutes ces choses. Et si, au milieu de tout ça, j'en viens à coucher avec elle... nous verrons bien. Après tout, je tiens toujours parole.

Un sourire aux lèvres, je me dirige vers le stand des cosmétiques MAC et je me poste devant les rouges à lèvres. Les teintes rouges et pourpres m'attirent aussitôt. Je choisis un tube qui s'appelle Ruby et le teste sur ma main en me représentant la couleur de peau de Sophie. Ce n'est pas la bonne teinte. Plus bas, un rouge seul, d'une couleur mate et métallique, attire mon regard. « *Rouge Viva Glam* » dit l'étiquette.

Je déploie le testeur et l'étale sur ma main à côté du premier test. Il s'agit cette fois d'un rouge riche qui rappelle le glamour des années cinquante. Parfait.

– *Superbe couleur** ! s'exclame une femme mince vêtue de noir en s'approchant de moi.

Elle a les cheveux blonds et courts qui collent parfaitement à sa petite taille. Elle porte elle aussi un rouge audacieux.

– *Parlez-vous anglais** ? je demande en me rappelant les bases de français apprises à l'école.

Même si Sophie me parle parfois dans cette langue, je ne me sens toujours pas suffisamment à l'aise pour avoir une conversation avec des inconnus.

– Oui, bien sûr. J'ai dit que cette couleur est sublime.

– Je pense que ce rouge ira très bien à la femme que j'ai en tête.

– C'est adorable. Sachez que tous les profits de cette vente iront à la Fondation MAC AIDS pour lutter contre le sida.

– Vraiment ?

Elle hoche la tête.

– *Oui**. Enfin, *yes*.

– Très bien. Alors, je vais en prendre trois, s'il vous plaît.

– Vous faut-il autre chose ?

Je secoue la tête.

– Non, merci.

Je paye puis je me dirige vers le rayon lingerie. Il est temps de trouver quelque chose de coquin et de raffiné pour Sophie. Mais avant, je sors mon téléphone et cherche le numéro d'André Canton, le recruteur qui travaille pour nous.

Il décroche au bout de quelques secondes.

– Canton Global, André à l'appareil.

– Bonjour André, ici, Parker Ellis. Je vous rappelle enfin !

– Ce n'est pas trop tôt. Je dois dire, Monsieur Ellis, que vous êtes particulièrement difficile à joindre. J'ai fini par croire que vous aviez totalement oublié avoir embauché mon cabinet pour recruter votre futur ou future assistante.

Je ris et prends l'escalator qui conduit à l'étage du dessus. Je me faufile parmi les clients et les touristes qui s'émerveillent devant la magnificence des lieux. Je comprends ce qu'ils ressentent. Ça fait presque mal à la tête de regarder ce décor trop longtemps.

– Je suis vraiment désolé, je suis en déplacement en France avec mes associés. En tout cas, je suis content de vous avoir au téléphone. Apparemment, vous nous avez sélectionné une longue liste de candidats.

– En effet, j'ai envoyé plusieurs CV. Avez-vous déjà repéré des personnes qui pourraient vous intéresser ?

Je glisse ma main dans mes cheveux et j'appuie les doigts contre mon crâne.

– J'ai déjà jeté un coup d'œil à certains profils et, sans vouloir vous vexer, je n'ai rien vu de ce que je recherche. J'aimerais réduire la liste à cinq candidats

– Seulement cinq ?

– Oui. Nous n'avons pas le temps de faire passer des entretiens à trente candidats. J'ai besoin de vous pour trouver une personne acceptant la nature singulière de nos prestations et nos pratiques peu orthodoxes. Vous avez de quoi noter ?

– Oui, je vous écoute.

– Il nous faut quelqu'un de disponible immédiatement, pouvant voyager sur le territoire national mais aussi à l'international. Quelqu'un qui saura supporter trois patrons qui se contredisent sur la manière de faire, qui n'aura pas peur de poser des questions extrêmement personnelles à une clientèle très en vue et, enfin, qui dispose de grandes compétences dans le domaine du piratage informatique.

– Dans le piratage informatique ? me coupe André.

– Le terme est sans doute un peu trop fort. Parlons plutôt d'un don pour l'informatique et d'excellentes aptitudes pour faire des recherches. Nous avons besoin d'un petit prodige qui établira en amont le profil de femmes très haut placées. Peu importe comment la personne obtient ces informations, ça, c'est à elle de voir.

– D'accord.

Il n'a pas l'air convaincu, mais je poursuis.

– Il faut également que cette personne soit capable de travailler en grande autonomie. Vous savez, André, certaines semaines, elle sera seule au bureau. Nous recherchons donc quelqu'un qui puisse affronter ce genre de situation, qui sache prendre des rendez-vous, organiser des conférences téléphoniques, réserver nos billets d'avion et nos hôtels, mais aussi nous aider dans les prévisions budgétaires et les tâches administratives.

– Je suppose que le candidat idéal doit pouvoir s'installer à Boston puisque vous souhaitez qu'il ou elle reste au siège d'*IG* ?

– Absolument. Mais il est également possible que nous l'emmenions avec nous ou que nous lui demandions de se déplacer pour s'occuper d'une cliente. Nous attendons de la personne qui travaillera pour *International Guy* de prendre beaucoup de responsabilités et de grandir avec l'équipe. Il y a énormément à apprendre en peu de temps, parce que nous n'avons encore jamais eu d'assistant. Nous peaufinerons les spécificités du poste au fur et à mesure et nous sommes prêts à offrir un très bon salaire.

– Vous recherchez donc quelqu'un d'extrêmement polyvalent ?

– C'est ça ! je m'exclame en souriant, car c'est tout à fait le mot.

Au même moment, j'aperçois une publicité pour Wonderbra, la marque de lingerie. Encore une fois, c'est la fille de mes rêves qui recouvre les murs du rayon lingerie. *Skyler Paige.* Sur une des photos, elle porte un ensemble très sexy en dentelle noire avec porte-jarretelles. Elle a une main posée sur son visage, et son index recouvre ses lèvres pulpeuses. Cette fille suinte le sexe, de ses yeux marron doré à ses ongles de pieds peints en rose. Seigneur. Même ses pieds sont sexy.

– Avez-vous des exigences en matière de formation ?

La voix d'André retentit au beau milieu de mes pensées et je reviens à notre conversation.

– Aucune. Je me fiche de la vitesse de frappe sur un clavier ou si les diplômes proviennent d'une université de l'Ivy League. Je veux quelqu'un d'innovant, d'intelligent, qui sort du cadre, bien dans sa tête, ouvert d'esprit et qui n'a pas peur de se salir les mains ou de fureter en ligne pour se mêler de la vie des gens.

– C'est noté. Vous pouvez ignorer tous les CV envoyés. Aucun de ces candidats ne vous conviendra. En revanche, ce recrutement risque de prendre du temps.

J'effleure du bout des doigts une chemise de nuit bleu marine à l'ourlet en dentelle. Elle serait sensationnelle sur Sophie. Je regarde les tailles et prends la sienne.

– Nous ne sommes pas pressés.

– Très bien. Je vous rappelle dès que j'ai du nouveau. Je vous prie cependant de répondre rapidement à mes appels la prochaine fois. Quelques jours, pas quelques semaines...

Je siffle entre mes dents. Il a raison. Je l'ai laissé mariner comme ces filles qui s'accrochent à vous et ne vous lâchent plus.

– C'est noté. Veuillez nous excuser.

– Pas de problème. À bientôt.

Nous raccrochons. Je repère alors un petit short en soie rose pastel et un débardeur de la même couleur. Je sens une boule de chaleur me prendre à l'entrejambe dès que j'imagine la peau pâle de Sophie dans cet ensemble. J'achète la lingerie, puis j'apporte mes achats au stand des paquets cadeaux.

Pour courtiser une femme, il faut toujours commencer par un dîner.

Puis enchaîner avec des cadeaux.

Ce soir, j'ai très envie de dorloter ma So'. Je ne peux plus résister au désir qui ne cesse de m'envahir. D'ailleurs, elle m'a bien fait comprendre qu'elle avait envie de s'amuser. Plus je la fréquente, plus j'ai envie d'elle.

CHAPITRE 7

François, le chauffeur de la limousine, m'ouvre la porte et je m'installe sur la banquette en cuir. Mon téléphone sonne, j'ai reçu un message.

De : Love Maker
À : Parker Ellis
Le coiffeur a terminé. Elle est ravissante. On s'occupe maintenant des ongles dans la boutique d'à côté.

Chaque fois que je vois le pseudo *Love Maker*, ça me fait rire. C'est le petit nom que nous avons donné à Bo dans la présentation de notre entreprise. Royce, pour des raisons évidentes, est le *Money Maker* et moi, je suis le *Dream Maker*. C'est au cours d'une nuit d'ivresse et de poker à Harvard que nous nous sommes attribué ces surnoms, et ils sont restés. Bizarrement, ils collent parfaitement. Et surtout, ils nous aident à mieux expliquer ce que nous faisons à nos clientes.

– Ramenez-moi au salon de coiffure, François.

Il acquiesce d'un signe de tête.

Une fois de retour, je jette un coup d'œil aux vitrines qui jouxtent le salon de Dorian Petit. Je me rends dans la boutique de droite. Dès que j'ouvre la porte, je suis saisi par des odeurs d'acrylique et de dissolvant.

Une réceptionniste m'accueille d'un « *Bonjour** ! ».

– *Bonjour**. Je cherche mes amis. Une brune de cette taille... (je lève la main à la hauteur de Sophie) et un grand Américain qui porte du cuir, une barbe et affiche un sourire très prétentieux.

Elle me sourit, amusée, et désigne un coin du salon.

– *Merci beaucoup**, dis-je, peu sûr de moi.

Quand je parle français, ça n'a rien à voir avec l'intonation sensuelle de Sophie. Si je me concentrais sur sa voix, sur la façon dont ses lèvres bougent quand je suis près d'elle, je serais susceptible d'éjaculer dans mon caleçon comme un adolescent qui se masturbe devant un exemplaire de *Playboy*.

Je l'entends rire avant même de la voir. Ce rire s'infiltre dans mon cœur et me réchauffe. Je m'avance et découvre Bo et Sophie les pieds dans des bacs d'eau bleue. Ils sont installés dans des fauteuils de massage, une coupe de champagne à la main.

Bo a l'air complètement barjot avec son jean remonté et ses pieds dans l'eau, en pleine discussion avec une Française. Il a retiré sa veste, découvrant le T-shirt qui moule son large torse. Je fais régulièrement du sport avec Bo et Royce. Quand nous nous rendons à la salle, ça ne rigole pas. Je n'ai donc pas vraiment l'habitude de voir Bo prendre soin de ses pieds et se détendre en institut.

Je m'arrête devant eux et je le fixe du regard.

– Mec... qu'est-ce que tu fous ?

Son visage se tord.

– À ton avis ? Je prends soin de mes pieds ! Quand as-tu pris soin de toi pour la dernière fois ?

Il fait comme si c'était une question tout à fait normale pour un homme.

– Euh... Jamais. Parce que je ne suis pas une fille.

À la manière d'un ballon qui se dégonfle, il pousse un soupir.

– Enlève tes chaussures et tes chaussettes et assieds-toi sur ce fauteuil. On va y remédier, mon vieux.

Je grimace. Sophie éclate de rire. Elle sirote son champagne en faisant semblant de ne rien écouter, mais je sais pertinemment qu'elle est tout ouïe.

– Hors de question, je murmure.

– Quoi ? Tu fais la poule mouillée ? Ça te fait peur qu'on prenne soin de tes pieds hideux ?

– Mes pieds ne sont pas hideux, dis-je en ricanant, et je te signale que je prends soin de moi.

C'est vrai. Je me coupe les ongles une fois par semaine et j'applique des gommages sur mes pieds sous la douche. Aucune fille ne s'est jamais plainte de leur état.

Bo secoue la tête.

– Tu es une poule mouillée !

– Non.

– Alors, tu as peur, dit-il en haussant les épaules avant d'avaler une gorgée de champagne.

– Arrête un peu... je siffle entre mes dents.

– Installe-toi dans le fauteuil, Parker. Laisse-toi tenter par la nouveauté : prends une coupe de champagne et détends-toi ! Bon sang ! Si nos clientes étaient aussi difficiles à convaincre que toi, on ferait un tout autre métier, marmonne-t-il.

Une hôtesse prépare le fauteuil à côté de Bo. Je secoue la tête et désigne celui à côté de Sophie.

– Je m'en fiche, dit-il d'un air suffisant, je n'avais aucune envie que tu viennes à côté de moi. Tu verras... Tu me remercieras. Et puis je suis sûr que tu voudras bientôt t'épiler.

Je retire mes chaussures et mes chaussettes, puis je remonte précautionneusement l'ourlet de mon pantalon, je ne veux pas le froisser.

– C'est impossible, je rétorque et, cette fois, Sophie rit à gorge déployée, les joues rouges, sans doute à cause de l'alcool mais aussi de notre conversation.

Je parie que Bo l'a fait rire toute la matinée.

– Ne me dis pas que tu ne t'épiles pas ? lance Bo.

Il sort son pied de l'eau et le pose à l'endroit indiqué par l'esthéticienne.

– Bien sûr que je ne m'épile pas. Je viens de te dire que je prends soin de mon hygiène comme la majorité des hommes, dis-je.

– Tu ne te rases même pas les parties ? poursuit-il.

– Parce que toi, tu le fais ? je demande, plutôt choqué.

Nous avons déjà pris des douches en même temps dans la salle de sport, mais je ne regarde jamais les parties de mes amis, avant tout par respect de l'intimité de chacun. Or, maintenant je vais devoir vérifier pour savoir de quoi il parle.

Bo secoue la tête et termine sa coupe de champagne.

– S'il vous plaît, Mademoiselle, une autre coupe.

L'esthéticienne esquisse un sourire et se relève, prenant la coupe vide avant de se diriger jusqu'à l'arrière-boutique.

Penché vers l'avant, Bo pose son coude sur l'accoudoir du fauteuil. Il contourne Sophie pour s'adresser à moi.

– Je n'ai aucun poil sous la ceinture. Et les filles... ça les rend dingues ! Tu devrais essayer un jour. Je parie que tu ne le regretteras pas.

Il pose les yeux sur Sophie et lui adresse un clin d'œil.

Enfoiré.

– Tu aimes ça, So ? je demande à voix basse pour que ça reste entre nous.

Elle cligne des yeux et acquiesce.

– *Oui**. C'est sexy.

– Eh bien, hors de question pour moi de le faire.

Pour l'instant, j'ajoute dans ma tête.

Je veux me renseigner davantage sur l'épilation des parties masculines avant de tout rejeter en bloc.

– Je te promets qu'il n'y a rien de tel que de coucher avec une fille sans avoir de poils. On ressent tellement plus de choses, dit-il en agitant les hanches. Bon sang, il faut que je me trouve une poulette ce soir.

– Tais-toi, mon vieux. Sophie, ignore-le. C'est un imbécile.

Elle glousse.

– Je t'aime bien, Bo. Tu es toujours honnête, dit-elle en lui caressant la main.

– C'est ainsi, réplique-t-il en lui faisant un clin d'œil.

Elle rougit. Nom d'un chien. Il faut qu'il arrête de flirter avec tout ce qui bouge et qu'il cadenasse une fois pour toutes sa libido et son charme. Du moins, en présence de Sophie. Elle est loin d'avoir besoin de se prendre au jeu du désir ni de coups d'un soir dépourvus d'émotions.

– Bas les pattes, je marmonne dans ma barbe.

Bo esquisse un grand sourire.

– Ce ne sont pas des avances. Mais si je lui faisais du gringue, je peux t'assurer que tu serais cuit.

Je prends une longue inspiration, puis je souffle lentement. Bo me taquine. Il fait toujours ça. C'est un farceur et je l'adore. Je sais qu'il n'essaierait jamais de séduire une fille qui m'intéresse. Mais il adore se payer ma tête pour rigoler.

Le bac devant moi est désormais rempli à ras bord et l'esthéticienne m'invite à mettre les pieds dans l'eau. Le fauteuil me masse et fait disparaître les tensions que je ressentais dans le dos, dans les jambes et dans le cou, tandis que les jets d'eau s'occupent des contractures au niveau de mes pieds. Rien qu'en restant assis, je sens que je commence à me détendre et à apprécier le moment.

La fille qui s'occupe de Sophie masse ses jambes de haut en bas, décontractant ses muscles. Sophie me prend la main. Je tourne la tête et, pour la première fois depuis que je suis arrivé, je la regarde vraiment. Elle a les cheveux dégradés, des mèches retombent sur ses épaules, d'autres sur sa poitrine. Elle a toujours une raie au milieu, mais cette nouvelle coupe est plus moderne. Des mèches caramel parsèment sa chevelure, ce qui donne plus d'intensité à sa couleur naturelle.

– Tu es ravissante, Sophie. Cette coiffure est magnifique. Qu'est-ce que tu en penses ?

Elle esquisse ce sourire qui fera un jour tomber un homme raide dingue d'elle pour le restant de sa vie.

– J'adore. Je me sens plus forte, plus puissante. C'est normal ?

– Voilà la quatrième étape incontournable pour se sentir plus sexy. Une nouvelle coupe et une coiffure qui change. Ça fait énormément de bien au moral des femmes et c'est bénéfique aussi du côté des hommes. Les filles qui ont confiance en elles nous attirent. Les hommes courent après ces femmes-là pour faire en sorte qu'elles leur appartiennent.

– Et toi, qu'est-ce que tu en penses ?

Je lui adresse un sourire malicieux et me penche vers elle.

– J'ai très envie d'empoigner fermement tes cheveux en te prenant par-derrière.

Elle retient son souffle et ses pupilles se dilatent. Elle aime ça. Ce soir, je vais conclure. Je ne laisserai pas s'écouler un jour de plus sans l'avoir pénétrée.

– Tu n'es qu'un beau parleur, dit-elle d'un claquement de langue, repensant sans doute à mon refus de la nuit précédente.

La veille, une fois le dîner terminé, je l'ai raccompagnée jusque chez elle. Je l'ai embrassée fougueusement devant sa porte, mais je n'ai pas accepté de passer la nuit avec elle. Maintenant je le regrette, j'aurais effectivement pu calmer le jeu. La soirée qui nous attend risque d'être mémorable.

Bo pousse un grognement, interrompant notre petite discussion à voix basse.

– Tu es tellement douée, ma déesse ! s'exclame-t-il en regardant la fille qui lui masse les mollets.

Sophie et moi éclatons de rire. On me tend une coupe de champagne et je trinque avec elle.

– Aux premières fois.

Comme les séances de pédicure au champagne à Paris. Jamais je n'y aurais cru.

Elle fait tinter sa coupe contre la mienne, puis nous prenons une gorgée. Les bulles pétillent sur ma langue et je ferme les yeux pour profiter au maximum de ma première pédicure. J'en profite aussi pour réfléchir à ce que je vais pouvoir faire pour que ma première fois avec Sophie soit encore plus agréable.

◆◆◆

De : Parker Ellis
À : Sophie Rolland
Ce soir je veux que tu portes la robe et les chaussures rouges. Je passe te prendre à 19h.

De : Sophie Rolland
À : Parker Ellis
J'en déduis que c'est ta couleur préférée. À plus tard.

Je souris en lisant à nouveau les messages que j'ai envoyés à Sophie après l'avoir déposée à son bureau où elle devait retrouver Royce. Ce dernier avait un tas d'inquiétudes sur les laboratoires Rolland, le pôle scientifique du groupe, et avait un besoin urgent d'en parler avec elle. Je compte les retrouver plus tard.

Quand il est question d'argent, il faut agir vite. Point à la ligne. Royce n'utilise le mot *urgent* que quand la situation est grave. En attendant que Royce et Sophie aient terminé de gérer les affaires de l'entreprise, je me suis occupé de notre rendez-vous du soir. J'ai prévu une nuit de séduction avec dîner privé pour l'héritière la plus en vue de France.

Le moment venu, je glisse mon téléphone dans la poche de ma veste et frappe à la porte de Sophie. Elle a élu résidence dans une petite villa qui, d'après mes recherches, appartenait à son père. C'est là qu'elle a grandi. Normal, donc, qu'elle ait souhaité y rester. Mais ça doit être tellement dur de savoir que le seul parent qui lui restait ne rentrera plus jamais à la maison.

Un majordome m'ouvre la porte. Je me rends compte qu'elle ne m'a pas beaucoup parlé de son père. Elle n'a sans doute pas eu assez de temps pour faire son deuil puisqu'elle s'est jetée la tête la première dans la gestion de l'entreprise, tout est allé très vite entre les funérailles et ses débuts à la barre du paquebot.

Le majordome me conduit jusqu'à un salon et m'offre à boire.

– Un gin tonic, s'il vous plaît.

Il acquiesce et part préparer mon verre. J'en profite pour observer la pièce luxueuse, meublée de canapés en velours noir et aux moulures en bois teint qui se font face, d'un bar vintage qui propose une variété de bouteilles de différentes couleurs, tailles et saveurs, d'un piano à queue qui trône dans un coin, tout près de grandes fenêtres offrant une vue imprenable sur la tour Eiffel, éclairée pour la nuit.

Ce salon a été décoré par un amateur de mobilier ancien et élégant. J'aime beaucoup le résultat. D'ailleurs, ça me rappelle Sophie qui peut, au premier abord, paraître timide ; assurément élégante, belle et à l'âme pure. Elle est extrêmement intelligente et ambitieuse, comme le prouve la facilité avec laquelle elle apprend ce que nous lui enseignons.

Le majordome me tend un verre.

– Où est Sophie ?

– Mademoiselle Rolland est dans sa chambre. Elle ne saurait tarder. Je l'ai avertie de votre présence.

Je hoche la tête et glisse une main dans ma poche en me redressant tandis qu'il s'éloigne. Dès qu'il disparaît, je me mets en quête de ma douce, en effleurant du bout des doigts les rouges à lèvres dans ma poche.

Je m'engage le long d'un couloir et je sens immédiatement les notes sucrées et épicées de son parfum. Je le suis à la trace, passant devant une série de portes. À travers l'une d'entre elles, la fragrance est plus forte. Je pousse le battant et pénètre dans une gigantesque chambre à coucher.

De grandes commodes en merisier foncé encadrent la pièce, comme des sentinelles protégeant un butin. Au centre, un lit king size est orné aux quatre coins de colonnes larges à la base et qui se finissent par une torsade plus fine. Le bois, tout en courbes, est décoré d'un motif floral qui correspond bien à la personnalité de Sophie. Le dessus-de-lit violet est parsemé de fils d'or. Il y a au moins une dizaine de coussins contre la tête de lit, certains dorés, d'autres fleuris, avec des pompons et des franges, c'est son côté jeune fille.

Un luxueux tapis persan mélangé de violet, blanc, bordeaux et doré recouvre le sol, ce qui donne une ambiance douillette et envoûtante à la pièce.

À ma gauche, j'entends de l'eau couler. La porte est entrouverte et j'entrevois du rouge. Je la pousse, puis je prends une gorgée de mon gin tonic en observant Sophie qui se coiffe.

– Tu es magnifique, dis-je d'une voix basse sans cacher mon émerveillement.

Elle sursaute avant de se calmer. Ses épaules s'affaissent dès qu'elle voit que je suis là.

– Tourne-toi vers moi, je lui ordonne.

Elle s'exécute, et je suis tout de suite frappé par sa beauté. Sa robe moule chaque courbe de son corps, impossible qu'elle porte des sous-vêtements, je le verrais. C'est justement pour cette raison que j'ai exigé cette tenue. Je laisse mon regard se promener de son visage à sa poitrine. Ses petits seins ne sont pas retenus par un soutien-gorge, les tétons sont dressés, poussant contre le tissu, démonstration charnelle de sa féminité. Elle a une taille fine et des jambes interminables. Je me lèche les lèvres, avale une longue gorgée de gin pour refréner l'envie de la prendre sur-le-champ. Puis je m'approche.

– Tu aimes bien ? demande-t-elle, taquine.

– Putain, j'adore, dis-je en poussant un grognement.

Je fais les deux pas qui nous séparaient et je l'attire fermement contre moi.

Dès que nos corps se touchent, elle a le souffle coupé. Elle entoure mon cou de ses bras tandis que je pose mon verre, saisis ses hanches d'une main et glisse l'autre dans sa crinière pour empoigner ses longues mèches ondulées. Je tire pour lui faire pencher la tête en arrière et prends sa bouche pour un baiser torride. Elle entrouvre immédiatement les lèvres et j'y introduis ma langue. Elle a autant envie de moi que j'ai envie d'elle. Sophie laisse échapper un râle, et mon sexe se durcit jusqu'à me faire mal. Je la lèche plus en profondeur, sa bouche a le goût de la menthe et je sens une odeur d'épices en l'embrassant.

Dès que son corps s'abandonne, je la soulève par les fesses et la dépose sur le comptoir de la salle de bains. J'ai besoin d'espace pour me retenir, sinon je vais finir par la traîner jusque dans son lit. Et alors, oubliées les surprises que j'ai préparées pour elle. Non, ce serait vraiment dommage. Ce soir, je sais qu'elle va se sentir traitée comme une princesse.

Elle ouvre des yeux brillants de désir, ses pupilles couleur chocolat m'observent avec intensité. Je pourrais la regarder toute la nuit.

– J'ai le dernier des incontournables pour te sentir la plus sexy du monde.

Elle se met à rire et ses doigts caressent le revers de ma veste. Je porte mon plus beau costume, un Armani noir que Royce m'a recommandé d'acheter la saison dernière. *Pour ces occasions spéciales où il faut plaire. Fais-moi confiance, mon vieux,* avait-il dit d'un ton présomptueux.

Je sors les trois tubes de rouge à lèvres, je lui en tends un et pose les deux autres.

– Je t'ai pris plusieurs tubes : un pour ton sac à main, un pour ta salle de bains et l'autre à placer dans l'endroit de ton choix.

– Tu m'as acheté du rouge à lèvres ? demande-t-elle en fronçant les sourcils.

Je me penche en avant et l'embrasse en soutenant son visage dans mes mains.

– Pas n'importe lequel. La quintessence du glamour. Laisse-moi te montrer.

J'agite les doigts pour qu'elle me passe le tube. Elle le glisse dans la paume de ma main.

Comme j'ai besoin de me rapprocher, je fais glisser sa robe vers le haut et écarte ses cuisses pour pouvoir me caler entre elles. J'enlève le capuchon et je fais sortir le tube rouge pourpre de sa coquille.

– Ouvre la bouche comme si tu inspirais.

Je la tiens par le menton et passe le rouge plusieurs fois sur sa lèvre inférieure en m'assurant qu'elle soit bien recouverte. Ensuite, je continue sur la courbe de sa lèvre supérieure, à gauche, puis à droite, répétant l'opération pour obtenir une symétrie parfaite.

Sa bouche est tellement bandante de cette couleur ! Je retiens mon souffle, puis j'expire comme un dragon qui crache du feu. Je sens ma queue se raidir en moins d'une seconde. J'avale ma salive et tente de me calmer en me raclant la gorge.

– Ouvre encore la bouche, dis-je dans un souffle.

Elle obéit immédiatement. Si seulement c'était mon sexe et non mes doigts que je m'apprête à enfoncer dans sa bouche ! J'y glisse mon pouce en pressant sur sa langue.

– Referme-la.

Évidemment, elle va plus loin, enroulant sa langue autour de mon doigt, puis elle le suce. Je laisse échapper un grognement, me mords sauvagement la joue, jusqu'à sentir le sang. Je sors mon pouce de sa bouche et lui montre la trace rouge à la base de mon doigt.

– Voilà une petite astuce pour effacer l'excédent de rouge à l'intérieur des lèvres et ne pas s'en mettre sur les dents, dis-je d'une voix rauque qui me laisse pantois.

C'est ma mère qui m'a appris ça, mais je préfère ne pas ajouter ce détail qui pourrait nuire à la sensualité du moment.

Sophie esquisse un grand sourire, resserre ses jambes autour de ma taille et enfonce ses escarpins dans mes fesses. Elle recule contre le miroir, pour avoir plus de place, et elle ramène sa main sur moi, commençant à défaire la boucle de ma ceinture.

– Qu'est-ce que tu fais ?

Ses doigts s'activent à toute vitesse. Je n'ai pas le temps de bouger qu'elle a déjà déboutonné mon pantalon, ouvert la braguette et glissé sa main dans mon caleçon pour attraper mon sexe.

– Bon sang, je siffle entre mes dents.

J'ai l'impression d'avoir atteint au même moment le paradis et l'enfer. Sa main me caresse de haut en bas et son pouce effleure la goutte qui se forme sur mon gland.

Comme par enchantement, elle se transforme en furie obsédée du sexe. Elle pose son autre main sur mon torse et me repousse pour pouvoir descendre du comptoir. Sans lâcher mon sexe, elle se met à genoux et me prend dans sa bouche.

Je saisis le meuble d'une main et, de l'autre, j'attrape ses cheveux. Elle ressemble à une bombe hollywoodienne des années cinquante avec ses longs cheveux ondulés, ses yeux foncés, sa peau pâle et ses lèvres rouge vif. Des lèvres divines autour de mon sexe qui m'engloutissent en profondeur, glissant sur toute ma longueur. Elle fait particulièrement attention à la chair sensible de mon gland tout en caressant cette zone avec sa langue.

Mon corps frémit. Je sens de la braise sur ma peau et un courant électrique qui vibre au bas de mon dos. J'ai trop chaud dans ce fichu costume, mais je ne résiste pas à l'envie de pousser dans sa délicieuse bouche. Elle gémit sur mon membre ; ses lèvres rouges me mettent dans tous mes états. Elle pose une main sur mes fesses pour me prendre encore plus profond.

– Je ne veux pas te faire mal, dis-je en m'étranglant.

Dès la seconde où elle se met à parler français, le contrôle qu'elle exerce sur moi est sans limite :

– *Prends-moi sauvagement. Tu sais que t'en as envie. Sers-toi de moi, Parker. Sers-toi de ma bouche pour ton plaisir**.

Et elle ne s'arrête plus.

– Sophie, ma chérie, si tu ne veux pas que je vienne dans ta bouche, il faut que tu arrêtes tout de suite, dis-je pour la mettre en garde, et je sens des frissons dans mon dos tandis que j'enfonce doucement ma queue dans sa somptueuse bouche.

Au lieu d'arrêter, elle gémit et enroule sa main à la base de mon sexe. Elle commence à me branler en parfaite harmonie avec les mouvements de succion de sa bouche.

Je ne peux plus faire marche arrière. Je prends sa tête entre mes mains et pousse dans sa bouche. Elle me suce sans s'arrêter, jusqu'à ce que mon corps se mette à trembler. La tension monte à l'intérieur de moi, mes testicules se contractent, comme pour participer à l'action.

Je sens ce fourmillement familier à la base de mon membre juste avant l'explosion. Et voilà que je libère un flot dans sa bouche et qu'elle l'avale comme une reine. Elle essore ma queue, suce tout ce qu'il reste, et je me retrouve vidé, physiquement, émotionnellement et mentalement.

Je me penche et la prends dans mes bras. Mon membre repu palpite encore contre son ventre.

– Waouh, Sophie. Y a-t-il quelque chose que tu ne sais pas faire ? je demande, presque muet d'admiration.

Elle rit et m'embrasse dans le cou.

– C'était une bonne *suckjob* ?

J'esquisse un sourire dans le creux de son cou et y dépose un baiser.

– On dit *blowjob*, ma chérie.

– Ah, pourtant je t'ai surtout sucé, dit-elle en souriant avec malice. Mais aussi léché et embrassé, ajoute-t-elle en pressant ses lèvres contre ma mâchoire.

Elle passe sa langue sur mes lèvres et, poussant un grognement, je prends sa bouche. Je sens mon odeur sur elle. Son parfum épicé, mélangé à ma senteur musquée, se révèle divin sur sa peau. Encore meilleur qu'avant. Elle pourrait en faire un parfum dont je m'aspergerais le corps tous les jours.

– J'ai envie de te rendre la pareille, dis-je en me frottant contre elle, mon sexe manifestant de nouveau de l'intérêt.

– Déjà ?

Elle écarquille les yeux et recule.

– Tu es tellement sexy.

Elle sourit malicieusement en regardant ma queue.

– C'est encore une meilleure astuce pour faire sécher le rouge à lèvres, tu ne trouves pas ?

Jetant un coup d'œil à mon entrejambe, je découvre une marque rouge à la base de mon sexe.

– Merde, dis-je en serrant les poings.

Je redeviens tout dur sous ses yeux.

– J'ai faim, dit-elle en faisant un pas en arrière.

Ses talons claquent sur le carrelage.

– Moi aussi, dis-je entre mes dents.

J'observe son corps et je n'ai qu'une envie : l'allonger sur lit et me glisser entre ses jambes. Je passe ma langue sur ses lèvres, puis je me jette sur elle mais elle lève aussitôt une main en l'air.

– Non, tu m'as promis un véritable *rendez-vous*. Je ne suis jamais sortie avec un mec qui avait décidé de mettre le paquet. J'ai hâte de voir ça, dit-elle en faisant la moue.

Sa sincérité me désarme. J'enfile mon caleçon et boutonne mon pantalon.

– Alors, arrange ton rouge à lèvres. Je ne peux pas te regarder comme ça toute la soirée, sinon je n'arrêterai pas de t'imaginer à genoux.

Elle écarquille les yeux et affiche un sourire timide.

– *Oui**, Monsieur Ellis.

Elle se replace devant le miroir en remuant les hanches. Je pousse alors un soupir en tirant sur mes cheveux et regarde le plafond.

– La nuit va être longue... Et torride.

CHAPITRE 8

Quand François nous dépose devant le Louvre, Sophie se retourne, sexy comme jamais dans ses escarpins, un grand sourire aux lèvres. Les pans de sa robe flottent dans la brise légère. Heureusement que je lui ai demandé d'enfiler une veste pour éviter qu'une horde d'hommes en rut la reluquent, affamés. Ce soir, je veux être le seul à poser les yeux sur sa peau.

Cette soirée est pour nous. Elle marquera l'évolution de notre amitié sur un terrain plus charnel. Nous savons que notre idylle ne durera pas. Tant que nous en avons l'occasion, j'ai envie d'en profiter au maximum. Elle semble être du même avis, n'ayant jamais dit le contraire. Ce silence me suffit. Sans oublier la pipe qu'elle m'a faite plus tôt et qui m'excite encore.

– Alors, comme ça, tu m'emmènes au Louvre, Parker ? C'est l'attraction la plus touristique de Paris après la tour Eiffel, dit-elle en riant.

Je souris et passe mon bras autour de sa taille. Nous nous engageons sous un porche en pierre qui mène à la pyramide en verre.

– Un dîner rien que pour nous au milieu des plus beaux tableaux du monde, ce n'est pas un rendez-vous si banal que ça, non ?

– Nous allons dîner à l'intérieur du musée ? s'exclame-t-elle, les yeux brillants.

– Oui.

Nous arrivons devant la pyramide. À cette heure-ci, le musée est sur le point de fermer. Peu de gens sont autorisés à entrer ; d'ailleurs, la plupart des visiteurs ressortent. J'ai prévu une visite guidée parmi les tableaux et les sculptures les plus célèbres ainsi qu'un dîner en tête à tête dans une section du musée privatisée pour nous. J'ai eu la chance de faire mes études avec un des conservateurs du Louvre. Sans ça, je n'aurais jamais pu organiser cette folie. Pas sans que le portefeuille de l'entreprise n'en prenne un coup. Évidemment, quand mon ami a su que je souhaitais amener Sophie Rolland, il s'est plié en quatre pour ne pas passer à côté d'une donatrice inestimable. C'est d'ailleurs lui qui m'a mis sur la piste du chef cuisinier qui a préparé notre dîner.

Nous prenons l'escalator pour atteindre le sous-sol à ciel ouvert où se trouve l'accueil du musée. C'est de là qu'on accède aux expositions et à la collection permanente. Quand je m'y suis rendu dans la matinée pour faire des repérages, j'ai trouvé étrange que la moitié du musée soit située au sous-sol, avec tout un dédale de boutiques et de cafés, sans oublier l'accès à la station de métro du Louvre, l'ingéniosité à la française.

Sophie s'accroche à ma main. Nous doublons les gens qui font la queue et je vais m'adresser à la gardienne du musée que mon ami Marc m'a déjà présentée. Elle nous fait signe qu'il n'y a aucun problème. J'observe le fourmillement des visiteurs qui montent et descendent le gigantesque escalier en marbre. Le musée est immense, un vrai labyrinthe. C'est pour ça que j'ai préféré prendre connaissance des lieux ce matin. Maintenant, je sais exactement par où passer.

– Où allons-nous ? demande Sophie avec une pointe d'enthousiasme que je perçois pour la première fois dans sa voix et qui me plaît énormément.

– Toute question sur la soirée qui nous attend est interdite.

Je pose ma main dans son dos et la pousse vers un ascenseur réservé au personnel dont Marc m'a confié la clé. Nous arrivons à un étage du musée qui n'est pas encore ouvert au public et qui, avant l'inauguration officielle de ces nouvelles salles, accueille une exposition privatisée des peintures de Georgia O'Keeffe, une artiste peintre très célèbre dans mon pays.

Les talons de Sophie claquent sur le sol en marbre, et quand nous arrivons au seuil de la salle d'exposition, elle sursaute, les mains plaquées sur la bouche. Au centre de l'expo trône une table pour deux décorée de fleurs, de bougies et de verres à pied. Des coupes de champagne ont été posées sur une desserte. Le service traiteur que j'ai engagé pour notre dîner a fait du très bon travail. Pour remercier Marc de ses bons conseils, je ferai une donation au musée de la part d'*International Guy Inc.*

Dès que nous arrivons, un homme en costume noir, une serviette blanche sur le bras, nous salue et tire la chaise de Sophie.

Elle enlève sa veste, la dépose sur le dossier et s'assied en même temps que moi.

– Souhaitez-vous du champagne pour commencer ? demande le maître d'hôtel.

Je hoche la tête.

– Oui, s'il vous plaît.

Sophie regarde autour d'elle, les yeux écarquillés, pleine d'allégresse.

– C'est incroyable. Toutes ces peintures... Waouh !

– Cette exposition n'a pas encore été ouverte au public. Elle débute la semaine prochaine.

Quelle chance, le timing est parfait.

Sophie plisse les yeux et fixe le tableau très célèbre d'une fleur blanche au pistil et au fond verts.

– Ce sont des toiles de Georgia O'Keeffe, dis-je en désignant la peinture qu'elle regarde.

– *Oui** ! Je crois que j'ai déjà vu ses œuvres quelque part.

– Elle est célèbre pour ses toiles de fleurs et de paysages du Nouveau-Mexique. On la décrit comme la mère du modernisme américain. Nous avons vraiment de la chance de découvrir cette exposition en avant-première.

L'homme remplit nos coupes, puis il nous laisse en tête à tête.

– Prenons nos verres et allons jeter un coup d'œil aux toiles. Il faut quand même faire attention. Tu vois ce cadre là-bas, dis-je en désignant la peinture la plus célèbre de la peintre, il vient d'une collection privée. Il a été vendu pour plus de quarante millions de dollars.

Elle reste bouche bée. Je repense alors à la marque rouge qui est restée autour de mon sexe. Je prends une longue inspiration et me concentre sur la toile. Un dispositif discret d'éclairage illumine à la perfection les coups de pinceau et les couleurs du tableau.

– Il est *magnifique**, chuchote-t-elle comme si elle avait peur de parler trop fort.

Les éclats de rouge et d'orange semblent bondir de la toile. Je me penche sur le cartouche doré, à gauche du cadre.

– « *Coquelicots d'Orient,* 1928 ». Cette peinture a presque une centaine d'années, mais tout semble si réel.

Elle acquiesce en sirotant son champagne, puis elle se dirige vers le tableau suivant, un paysage du Nouveau-Mexique aux nuances majoritaires de bleu et de vert.

Il représente des collines et des vallées lointaines, mais proches à la fois. Tout semble exister pour de vrai.

Je suis Sophie qui se poste devant la représentation d'un crâne de taureau. Son visage se tord avec déplaisir.

– Tu n'aimes pas le taureau ?

– C'est l'image de la mort que je n'aime pas, souffle-t-elle.

Je préfère ne pas insister, étant donné le récent décès de son père.

Elle arrive à hauteur d'un coquillage blanc sur fond rouge et penche la tête sur le côté, haussant les épaules, perplexe.

– Tu n'aimes pas non plus les coquillages ? je demande en riant.

– Je les trouve un peu quelconques.

Elle avance jusqu'à la toile suivante et son corps ne bouge plus. Cette fois il s'agit de fleurs rouges, roses et blanches

– « *Les fleurs de la vie II* », peint au début des années vingt, je lis tout haut sur le cartouche.

Sophie se contente de fixer le tableau, perdue dans ses pensées.

Je m'approche derrière elle et passe mon bras autour de sa taille pour la serrer contre moi. Elle pousse un soupir, puis elle s'appuie contre mon torse. La bouche près de son oreille, je murmure :

– On dit que ses toiles représentent des sexes. Cette artiste peint très souvent l'appareil reproducteur des fleurs, comme pour évoquer la féminité. Qu'en penses-tu ?

Je laisse un instant ma bouche contre son oreille puis je glisse mon menton dans son cou et pose ma tête sur son épaule.

Sophie frissonne, ce qui propage en moi une onde de plaisir, jusqu'à mon cerveau et mon sexe, mais je préfère ne pas y prêter attention pour l'instant. Plus tard, nous aurons tout le temps du monde.

Son regard est braqué sur le tableau devant elle, elle semble totalement subjuguée.

– Il me fait penser au sexe. À du sexe torride et débridé.

J'embrasse son épaule nue et je serre son corps contre moi. J'ai envie de la mordre, mais je choisis de me retenir.

– J'ai besoin d'un autre verre pour découvrir le reste, dis-je.

Elle se met à rire et se retourne dans mes bras, puis elle dépose un doux baiser sur mes lèvres.

– Merci de m'avoir amenée ici. C'est le rendez-vous galant le plus sensationnel que j'ai jamais vécu.

– Mais ça ne fait que commencer, *ma chérie**.

Chaque fois que je l'appelle ainsi, elle rougit.

– Au cas où j'oublierais de te le dire plus tard, sache que je passe une excellente soirée, *chéri**.

– Moi aussi.

Elle avance jusqu'à la table. Je remplis son verre et le maître d'hôtel nous apporte l'entrée : un plateau de charcuterie et de fromages.

Je dépose un bout de jambon sur du pain puis j'étale du fromage de chèvre et ajoute de la pâte de coing pour une petite touche sucrée. Je tends mon amuse-bouche à Sophie avant de préparer le même pour moi. Nous prenons une bouchée en même temps, suivi d'un gémissement de plaisir qui nous fait exploser de rire.

– Et si on parlait de sexe, puisqu'on sait très bien comment va se terminer la soirée ? dis-je en souriant pour faire monter la tension d'un cran, puis j'ajoute : quel est l'endroit le plus insolite où tu l'aies fait ?

Sophie se pince les lèvres.

– Tu sais, en France on est plutôt libertins, répond-elle en tapotant ses lèvres du bout des doigts, mais je crois que je vais te décevoir. C'était dans la piscine, chez moi, avec mon copain du lycée.

– Pas mal. Ça me plaît, dis-je en remuant les sourcils.

Elle secoue la tête en riant.

– À toi.

Oups ! Règle numéro un : ne jamais poser une question qui peut ensuite se retourner contre soi.

– Moi c'était dans une Grande Roue, à une fête foraine.

La surprise qu'elle affiche sur son visage parle d'elle-même.

– Je veux plus de détails ! s'exclame-t-elle en avalant une gorgée de champagne.

– D'accord. J'étais en première année de fac et j'étais à fond sur une fille. Avec elle, tout tournait autour du sexe. Elle adorait le faire dans plein d'endroits différents. Il s'avère qu'elle était exhibitionniste. J'ai d'ailleurs failli me retrouver au poste pour attentat à la pudeur.

Elle éclate de rire, la main plaquée sur sa bouche.

– *Mon Dieu** ! Je n'arrive même pas à imaginer que c'est possible.

Je m'adosse à la chaise et bombe le torse avec exagération.

– Quand on veut, on peut.

Je ne tiens pas la pose plus de quelques secondes, car nous éclatons de rire en même temps.

– À mon tour de poser une question. Quelle est ta position préférée ?

Elle se trémousse sur sa chaise, ce qui fait remuer sa poitrine. Bon sang, j'ai hâte de toucher et de prendre ses tétons dans ma bouche pour les mordre.

– Euh... j'hésite en secouant la tête. Je ne sais vraiment pas quoi choisir. J'adore prendre une femme par-derrière parce que ça me donne une forme de pouvoir sur son corps et c'est... (je m'interromps en levant les doigts à ma bouche, c'est *magnifique**) comme vous dites ici. Mais j'aime aussi regarder le visage d'une fille quand elle jouit. Il n'y a rien de plus unique chez une femme.

– Tout à fait d'accord. On devrait faire les deux, rétorque-t-elle avec sérieux.

Je prépare un autre toast. Cette fois, j'associe du brie à de la poire ; les saveurs se déversent sur ma langue et je pousse un grognement.

– C'est tellement bon !

Sophie acquiesce.

– *Oui**. Et ce n'est que l'entrée.

Nous continuons à assembler des ingrédients jusqu'à ce que le maître d'hôtel nous apporte les plats principaux. Du filet mignon servi avec une délicieuse purée et de la salade.

J'ai envie d'en savoir plus sur la personnalité de Sophie, alors je reprends mon interrogatoire.

– Quelle est ta couleur préférée ?

– Le rose. Un peu cliché, non ?

Une couleur si douce, jolie et féminine. J'adore.

– Non, So'. Ça te va bien. Nous ne t'avons encore rien acheté de cette couleur, mais nous allons y remédier.

Je sors immédiatement mon téléphone de ma poche. Puisqu'elle aime le rose, il lui en faut.

De : Parker Ellis
À : *Love Maker*
Achète un chemisier rose pour Sophie. C'est sa couleur préférée.

– Ce n'est pas la peine ! dit-elle en me caressant la main, et j'embrasse chacun de ses doigts.

Bo répond aussitôt.

De : *Love Maker*
À : Parker Ellis
Je m'en occupe dès demain. Faut-il autre chose ?

Je montre l'écran de mon téléphone à Sophie. Elle sourit et secoue la tête.

– Merci, mais vous en avez déjà assez fait comme ça. Je m'inquiète quand même pour la réunion de ce week-end avec le conseil, surtout après ce qu'a découvert Royce. D'ailleurs, Monsieur Girard revient demain, d'après son supérieur. Il était en arrêt maladie depuis plusieurs jours. Je suis sûre que c'était une excuse. En tout cas, ça m'a laissé le temps de monter un dossier contre lui. Son père ne va pas être content.

– La situation est particulièrement difficile en ce moment, mais ce ne sera pas tous les jours comme ça. Qu'a trouvé Royce de si important ?

– Nous avons des problèmes avec certains produits chimiques, dont un qui était périmé. Sans nous consulter, le manager du laboratoire a décidé de faire des économies en continuant à utiliser ce produit. Par conséquent, nous encourons plusieurs risques quant à la composition des parfums. La réaction avec la peau pourrait être néfaste. Les scientifiques sont en colère, ils ne souhaitent pas travailler dans ces conditions. Encore des problèmes à régler, ce qui ne m'enchante pas.

Je me lève et viens à ses côtés, posant une main sur son épaule.

– Sophie... Regarde-moi.

Son regard chocolat croise le mien.

Il faut absolument qu'elle garde confiance en elle.

– Tu vas y arriver. N'oublie pas que tu es la fille du grand Jacques Rolland qui a créé cet empire. Toi, ma douce Sophie, tu vas honorer cet héritage et le rendre encore plus précieux. Aie confiance en toi ! Tu peux le faire, je le sais ; nous le savons tous les trois. Bientôt tous tes employés et les membres du conseil le sauront.

Elle agite la tête et fronce les sourcils.

– J'en doute encore. J'ai travaillé dur ces derniers mois, depuis que j'ai perdu mon père. J'ai fait tout ce qu'il fallait pour l'entreprise, mais les ennuis ne cessent jamais.

– Tu y feras face, un par un. C'est tout ce que tu peux faire, comme tous les PDG du monde. Ne vois-tu pas, trésor, que tu es sur la bonne voie ?

Elle plisse les yeux en regardant nos plats presque terminés et un sourire commence à se dessiner sur son visage. Puis elle sourit de toutes ses dents.

– Oui, c'est vrai.

– Évidemment, *ma chérie**. Tu t'en sors déjà très bien. Dis-moi comment tu prévois de régler le problème du produit chimique périmé ? Que vas-tu faire du manager ?

Elle m'explique dans les détails ce que Royce a découvert et la stratégie qu'ils ont mise au point pour régler le problème, à savoir décerner une mauvaise évaluation au manager du laboratoire, révéler ses mauvaises pratiques puis assurer un contrôle qualité exemplaire des produits utilisés. De toute évidence, elle maîtrise totalement la situation. Sophie a le management dans le sang ; c'est bien la fille de son père. Rien n'y changera. Elle a grandi pour diriger une entreprise. Elle manquait simplement de confiance en elle et d'expérience. Tout ça viendra avec le temps, mais aussi grâce à l'intervention d'*International Guy*.

Globalement, je sens que notre équipe l'a énormément aidée. Nous lui avons donné l'assurance qui lui manquait, la force de puiser en elle-même des solutions pour réussir en affaires et le courage de persévérer. En plus de ça, nous lui avons prouvé qu'une femme incroyablement sexy et affirmée sommeillait en elle, une femme qui saura parfaitement être à la hauteur du conseil d'administration, comme elle l'est au lit. J'ai hâte de vérifier ce dernier point.

La dernière bouchée de viande est si délicieuse que je me penche en arrière en me caressant le ventre. Je prends une longue gorgée du bourgogne servi avec l'entrée et je contemple la merveille assise devant moi.

– Tu sais Sophie, ça me plaît beaucoup d'apprendre à te connaître.

– Pourquoi ça semble te surprendre ?

Gêné, je me sens rougir. Alors, je me penche en avant, essuie ma bouche avec ma serviette et la repose.

– Je n'ai jamais vraiment développé d'amitié avec une fille. Je ne prends pas trop le temps de connaître les filles avec qui je sors.

Elle fronce les sourcils.

– Pourquoi ?

Je tords la bouche, passe une main dans mes cheveux.

– Je suppose que j'ai toujours peur qu'elles se fassent des films. Qu'elles attendent un engagement sur le long terme de ma part. Je ne me suis encore jamais senti prêt pour ça.

Elle essuie ses mains sur sa serviette, la pose sur la table et saisit son verre de vin.

– Peut-être n'as-tu pas encore rencontré une fille avec qui tu sens une alchimie plus intense ?

– Avec toi, je sens une véritable alchimie, je réponds sans réfléchir.

Merde. Je ne voudrais pas qu'elle s'imagine des choses... et voilà que ça commence !

Sophie se met à rire.

– Moi aussi. Mais c'est surtout de l'amitié qui nous lie, dit-elle avant de retrousser les lèvres avec sensualité. Une amitié avec un peu, voire beaucoup de sexe, pour combler un manque.

– Combler un manque ? je demande, ne comprenant pas de quoi elle parle.

– J'ai hâte de mettre fin à ma longue période d'abstinence.

– Ah bon ? Ça fait combien de temps ? En tout cas, tu n'as pas perdu la main.

Sophie esquisse un grand sourire.

– Tu as aimé ça, hein ?

– So' ! J'ai encore une marque rouge sur mon sexe pour le prouver.

Elle se mord les lèvres et ma queue frémit. Nom d'un chien, il faut vraiment que je la pénètre, sinon mes testicules vont finir par éclater.

Sophie cache ses mains dans son visage.

– Ça fait plus d'un an.

– Que tu n'as pas couché avec quelqu'un ?

– *Oui, c'est triste mais vrai**.

– En anglais, ma jolie.

– C'est la triste vérité, dit-elle en fronçant les sourcils.

– Trois cent soixante-cinq jours sans faire l'amour ?

– *Oui**.

Son visage s'assombrit, elle fait des cercles avec son index sur son verre.

Comment est-ce possible que cette femme passe une seule semaine sans sexe ? Ça ne peut pas durer une minute de plus.

Je me lève d'un bond, l'attrape par la main et la fais se lever.

– Qu'est-ce qui se passe ?

– Je dois m'occuper de ton cas. On s'en va.

Je la traîne derrière moi ; elle court pour suivre mon rythme. J'ai une mission, rien ne pourra plus m'arrêter.

– Parker... qu'est-ce qui t'arrive ? s'exclame-t-elle en reprenant son souffle tandis que j'appuie sur le bouton de l'ascenseur pour sortir du musée et tape un message sur mon téléphone pour que le chauffeur se tienne prêt.

– Du calme, Sophie. Sinon je risque de te prendre contre l'ascenseur. Je ne rigole pas.

– Dans le Louvre ? Impossible ! dit-elle en sursautant.

– *Si** ! Finie l'abstinence !

CHAPITRE 9

Des notes sucrées et épicées envahissent mes narines à mesure que j'embrasse Sophie dans le creux du cou. Une fois chez elle, je la plaque contre la porte d'entrée, les mains sur ses fesses.

– Ton odeur me rend dingue, So'.

Je la mords à la naissance du cou, avide de son parfum.

Elle gémit en me retirant mon manteau, qui tombe au sol. Je lui avais enlevé sa veste bien avant qu'elle ne sorte de la limousine. Nous nous sommes tellement dévorés dans la voiture que François a cru bon de lever la vitre teintée qui sépare les passagers du chauffeur.

– *S'il te plaît. Emmène-moi au lit**, supplie Sophie en me griffant le dos.

Des picotements de désir me submergent de la tête aux pieds. Je hume sa peau, près de sa clavicule, et glisse mon menton entre le tissu de sa robe et sa poitrine. Je passe un doigt sous une bretelle, que je fais glisser sur son bras. L'autre tombe à son tour.

– J'ai compris que tu voulais aller au lit. Le reste n'a pas d'importance.

Je prends ses petits seins dans mes mains ; j'en recouvre un de ma bouche en lui suçant le téton.

– *Oui**. Au lit. Maintenant.

Elle laisse retomber sa robe sur sa taille, puis elle recule. Je garde les mains posées sur ses hanches en fixant sa poitrine.

– Tu es tellement belle. Donne-moi tes seins.

Elle se cambre pour me les offrir, le dos plaqué à la porte, les bras le long du corps et les mains contre le bois pour un meilleur appui. Son corps ondule quand je fais glisser mon doigt de sa clavicule à ses seins, puis jusqu'à son nombril. J'appuie à cet endroit, caressant la petite bosse jusqu'à ce que son corps tremble.

– Tu le sens jusque dans ton clitoris, hein, So' ? dis-je en appuyant à l'intérieur de son nombril jusqu'à ce qu'elle remue dans tous les sens. Oui, je sais que tu le sens, j'ajoute avec suffisance.

– Oui. Oui. Je t'en supplie. Parker... *Je t'en supplie**.

– Rien ne presse, *ma chérie**. Je veux me donner à toi tout entier ; mettre fin à ton abstinence en te possédant d'une manière que tu n'es pas près d'oublier.

– Parker, c'est de la torture ! s'exclame Sophie en fermant les yeux quand je prends son téton entre mes lèvres et le suce.

Elle m'agrippe les cheveux et me presse contre ses seins. J'avais bien l'intention, de toute manière, de m'occuper de ses jolis mamelons avant de pouvoir me régaler du nectar qui se forme entre ses jambes.

Ignorant ses sollicitations, je pince l'autre sein. Ses mains ne cessent de s'agiter jusqu'à ce qu'elle réalise qu'elle aussi a de quoi s'amuser. Elle s'attaque alors à ma ceinture. Comme tout à l'heure, ses gestes sont rapides. Distrait par ses seins délicieux, je m'en rends compte trop tard : elle me tient par les testicules. Littéralement. Elle les a saisis et les serre.

– So'... Calme-toi, trésor.

Je tente de m'écarter, mais elle me serre encore plus fort pour faire passer le message. Je sursaute et presse mon membre contre son corps ; j'ai besoin du contact.

– Emmène-moi au lit. Maintenant, dit-elle dans un grognement, en montrant ses dents blanches.

Chaque mot retentit comme un coup de fouet sur le bout de mon sexe.

– À ton service, *ma chérie**.

J'enlève sa main de mon caleçon, passe un bras sous ses genoux et la soulève pour la porter dans mes bras. Ses seins bougent sensuellement au rythme de mes pas qui nous rapprochent de sa chambre.

Sophie ne perd pas de temps. Elle m'embrasse dans le cou, suce, lèche, mord. Elle me rend totalement dingue. À tel point qu'aussitôt dans sa chambre, je claque la porte et la jette sur le lit.

Elle rit en s'affalant sur les coussins violets et dorés.

– Déshabille-toi.

Je retire mes chaussures. Elle hausse les sourcils en me regardant défaire mon pantalon. Je le laisse tomber puis l'écarte du pied, avant de déboutonner ma chemise. Elle se trémousse pour enlever sa robe. La voilà toute nue. J'avais raison.

– Tu es superbe. Regarde-toi, un véritable trésor qui s'offre à moi. Maintenant, passons aux choses sérieuses.

Je me jette sur elle. Elle presse ses jambes l'une contre l'autre pour stimuler, bien sûr, le point sensible que je vais bientôt apprendre à connaître.

– Écarte les cuisses, je veux tout voir.

Sans protester, elle s'exécute et me laisse contempler le plus précieux des trésors.

Je m'agenouille devant le lit, place mes mains sur ses cuisses et baisse la tête. Son odeur naturelle mélangée au parfum sucré et épicé que j'adore me fait tourner la tête. Dur comme fer, mon sexe se dresse entre elle et moi. J'ignore la bête, plonge et la lèche, enchaînant les allers-retours en forme de huit sur son clitoris. Elle essaie de serrer les cuisses, mais je ne la laisse pas faire.

– Garde les jambes écartées pendant que je te fais mouiller. Je veux te rendre folle. Tu vas jouir comme jamais depuis un an, So' !

Je lèche sa fente et la pénètre avec ma langue, lapant son miel.

– Personne n'a goûté à ta délicieuse chatte depuis plus d'un an. Quel dommage !

C'est vrai, elle a un goût sucré et épicé, comme son parfum. Absolument divin. J'insère deux doigts, formant un crochet pour atteindre le point sensible, puis recommence à la lécher.

Une flopée de paroles en français m'assaillent les oreilles et j'enfouis mon visage entre ses cuisses.

– Parker, oui. Oui. Plus fort. *Plus fort**.

– Tu veux que j'y aille plus fort ?

Elle soulève les hanches. La réponse la plus claire que j'ai eue de toute la soirée. La saisissant par les fesses, j'enfonce ma langue le plus loin possible pour lécher la perle qui se cache à l'intérieur. Elle s'agite, m'agrippe par les cheveux et se frotte contre mon visage. J'ai du mal à suivre sa cadence endiablée.

Je continue à la lécher en profondeur et à aller et venir avec mes doigts dans sa fente trempée. Au bout de quelques minutes, elle plaque ses cuisses contre ma tête et, cambrée, elle se met à hurler de plaisir.

Je continue à la lécher jusqu'au bout, embrassant son sexe pour l'aider à revenir de la plus belle des délivrances.

Elle s'abandonne totalement et je l'embrasse partout en remontant le long de son corps. Je m'attarde sur ses tétons avant de prendre sa bouche pour lui faire goûter sa saveur.

– Tu vois comme c'est bon. Tu as le goût du miel et du soleil.

Elle pousse un gémissement, presse son corps contre le mien et glisse une main entre nous. Elle saisit ma queue.

Cette fois, c'est moi qui pousse un râle de plaisir et qui m'agite. Je veux la pénétrer... immédiatement.

Elle remue pour que je me glisse en elle, mais je l'arrête net.

– Je vais chercher de quoi me protéger, *ma chérie**.

Sophie s'étire langoureusement pendant que je vais chercher les capotes que j'avais glissées dans la poche de mon pantalon avant de sortir.

– Tu n'as pas froid aux yeux, dit-elle en observant les cinq préservatifs que je viens de poser sur le lit.

– Mon désir n'a pas de limites.

Je glisse la main le long de son mollet, de sa cuisse, puis vers son sein que je caresse et pince de nouveau jusqu'à ce que le téton devienne encore plus dur.

– *C'est tellement bon**, murmure-t-elle quand je m'attaque au deuxième.

Sophie se transforme en tigresse. Je n'ai pas le temps d'atteindre sa bouche qu'elle me retourne violemment pour me chevaucher.

– À moi de jouer maintenant.

Je passe les mains derrière ma tête et la laisse faire. Elle commence par m'embrasser la mâchoire et le cou, tout en caressant mes pectoraux. Ses doigts dessinent des cercles autour de mes tétons et sur mes abdominaux.

– Tu es tellement viril, avec tes gros muscles.

Elle parcourt la totalité de mon torse avec ses mains comme si elle n'avait jamais vu ça.

Je souris.

– Continue. Tu ne fais mousser que mon ego, là.

Elle baisse les yeux vers mon sexe, qu'elle saisit à la base.

– Et là, comment il va, ton ego ?

Je laisse échapper un rire, suivi d'un geignement au moment où Sophie se met à frotter sa fente contre mon membre, basculant les hanches à chaque mouvement de va-et-vient.

Je tâte le lit à la recherche d'un préservatif, ouvre l'emballage avec les dents et lui tends la capote.

– Enfile-le. Je veux te prendre, dis-je d'un ton ferme.

Elle esquisse un sourire, place la capote à l'extrémité de mon sexe et la déroule lentement, sur toute la longueur. Je suis tellement dur pour elle que mes testicules se contractent.

– Chevauche-moi.

– Avec plaisir, chuchote-t-elle en se positionnant pour me laisser la pénétrer.

J'agrippe ses hanches, ma queue est prisonnière de son sexe étroit.

– Waouh... Ça valait le coup d'attendre un an vu les sensations que tu m'offres, *baby*, dis-je en poussant un grognement et en la serrant encore plus fort.

Elle gémit, renverse la tête en arrière et fait onduler ses hanches pour me laisser aller jusqu'au fond. Même après avoir joui, elle est encore toute serrée. Je me soulève pendant qu'elle pèse de tout son poids pour prendre ma queue tout entière. Son visage affiche un mélange de plaisir et de douleur. J'ai tellement envie qu'elle prenne son pied que je glisse mon pouce sur son bourgeon, pour lui donner plus de plaisir. La réaction est instantanée ; je lis l'étonnement sur son visage, ses jambes se tendent, elle colle son bassin contre moi et je pousse un grognement d'extase.

– Ne t'arrête pas, Sophie, sinon je reprends le dessus, je siffle entre mes dents.

– *Oui. Mon Dieu**. Tu es si dur.

Je souris, c'est agréable à entendre.

Son corps ondule sur mon sexe, mais ça ne suffit pas. Je me hisse vers le haut en remontant les genoux, nos torses sont désormais collés ; elle enroule ses jambes autour de ma taille et pose ses bras sur mes épaules. Je la soulève pour aller et venir en elle. Sophie penche la tête en arrière et je sens un frisson descendre le long de ma colonne, jusqu'à la base de mon sexe.

– Je vais te prendre comme un fou, Sophie. Accroche-toi. Tu vas t'en souvenir… (Je la soulève encore et ses ongles creusent la peau de mes épaules comme j'adore.)… pendant longtemps.

Je la laisse retomber et rebondir sur ma queue comme une poupée de chiffon.

– Je vais… *Mon Dieu** !

Son corps se raidit, tout se contracte ; j'ai du mal à me retenir.

Emportée par la vague de son orgasme, je la dépose sur le matelas, attrape une de ses jambes qui enserrent mon bassin pour l'étirer vers son épaule. Dans cette position, je gagne encore en profondeur et je la pénètre avec frénésie, comme si c'était la dernière fois de ma vie.

Sophie hurle des obscénités en français, ce qui ne l'empêche pas de jouir. Ses ongles s'enfoncent avec une telle intensité dans mon dos qu'en entremêlant nos doigts, je bloque ses mains au-dessus de sa tête. Je continue à aller et venir en elle jusqu'à sentir mon corps devenir brûlant, comme pris par les flammes. De la sueur coule sur mon dos et glisse le long de mes côtes.

– Je ne veux plus m'arrêter, je m'exclame en la pénétrant encore et encore.

Le visage de Sophie se tord, entre agonie et plaisir, la bouche entrouverte et les yeux fermés.

– J'adore ta queue, chuchote-t-elle.

Il ne m'en faut pas plus. La goutte d'eau qui fait littéralement déborder le vase.

Mes testicules se contractent douloureusement, prêts à exploser. Je cambre le dos, appuie mon bassin contre le sien, écrasant son clitoris, tandis que l'explosion se déclenche à la base de mon dos et m'envahit, m'anéantissant de sa beauté. Je me déchaîne en me plaquant contre elle et en agrippant ses épaules. La vague me submerge et jaillit dans le préservatif. Je suis sur un petit nuage ; je ne me rends même pas compte que Sophie s'accroche à moi en me chuchotant des choses à l'oreille pendant que je tremble contre elle. Je tressaille une dernière fois, m'appuyant de tout mon poids contre son corps. Je souffle et toute la tension accumulée dans l'attente de ce moment me quitte. Enfin... le soulagement.

Elle me caresse le dos, de haut en bas, pour m'apaiser. Elle m'embrasse la tempe, la joue, le front. Tous les endroits que ses lèvres peuvent atteindre. Je respire enfin plus calmement, mon sexe se ramollit et je peux me retirer. Je passe une main entre nous pour retenir le préservatif.

Elle me lâche, les yeux mi-clos. Si j'en crois l'expression sur son visage, c'était le meilleur coup de sa vie.

– Je reviens.

Je l'embrasse tendrement et me dirige vers la salle de bains.

À mon retour, elle est sous la couette. À côté d'elle, le drap est relevé, comme pour m'inviter à me glisser dessous. Je la prends dans mes bras en appuyant mon sexe contre ses fesses.

– Ça va, *ma chérie** ?

– Je ne me suis jamais sentie aussi bien, dit-elle en bâillant.

– Endors-toi. Demain est un autre jour.

◆ ◆ ◆

Le lendemain, au siège du groupe Rolland, j'assiste depuis le canapé à la réunion entre Sophie et Monsieur Girard.

– Avez-vous pris conscience des conséquences de vos actes, Monsieur Girard ? demande Sophie d'une voix calme et responsable.

L'avorton, comme je me plais à le désigner dans ma tête, esquisse un sourire narquois. Je vais bientôt lui en mettre une s'il continue à être insolent. Quel enfoiré !

– Je vois à votre sourire que vous n'avez pas bien saisi, alors je vais répéter plus simplement cette fois : plusieurs plaintes de harcèlement sexuel ont été déposées contre vous. Une de ces femmes vous accuse de nombreuses agressions, vous êtes allé jusqu'à la toucher. Vous êtes donc passible d'un licenciement immédiat.

Le jeune homme, mince et blond, ne se prend pas pour n'importe qui. Il secoue la tête en souriant. *Il sourit !* Je serre les dents, tellement j'ai envie de lui balancer un coup de poing en pleine figure.

– Vous ne pouvez pas me licencier, déclare-t-il avec fermeté.

Sophie incline la tête et le regarde droit dans les yeux.

– Ah bon ?

– Non. Mon père fait partie du conseil d'administration. Il a investi dans l'entreprise. Vous ne pouvez rien faire.

Il se lève et boutonne sa veste.

Sophie serre son poing. Je l'encourage dans ma tête.

Bravo, So'. Contrôle-toi. Tu vas y arriver.

– Je suis désolé de vous annoncer que c'est déjà fait. Vous êtes démis de vos fonctions au sein du groupe Rolland. Comme je ne vous faisais pas suffisamment confiance pour aller chercher seul vos affaires, elles ont déjà été rassemblées pour vous, dit-elle en désignant les cartons sur la table en face de lui.

– *Espèce de salope** ! hurle-t-il avant de se jeter sur Sophie.

Il la plaque contre le mur, portant une main à son cou pour l'étrangler, puis il la frappe deux fois au visage avant que je parvienne à l'arracher à elle.

Il essaie encore de se ruer sur elle alors qu'elle glisse le long du mur, sous le choc.

– Espèce d'ordure, je vais te tuer !

Je lui file une droite en pleine face, qui balance sa tête vers l'arrière, et il vacille avant de retomber sur la table, renversant une lampe qui s'écrase par terre. Je l'attaque avant qu'il ne se relève, cognant sa tête contre le tapis.

– Tu oses t'en prendre à une femme ?

La porte du bureau s'ouvre et j'aperçois du coin de l'œil la silhouette de Royce. Il traverse la pièce en toute hâte pour secourir Sophie, par terre, couverte de sang.

– Oh, putain !

Un autre homme se précipite.

– Parker ! Lâche-le ! hurle Bo.

Je secoue la tête et inflige un autre coup à l'enfoiré, satisfait d'entendre un os craquer sous mon poing qui se déchire. Je m'en fiche et recule le bras, prêt à frapper une seconde fois. Je ne vois plus que du rouge.

Quelqu'un me saisit par le bras et me tire vers l'arrière. Je sens une odeur de cuir et de pin. C'est Bo.

– Ça ne sert à rien, mon vieux. Il a compris. Son nez est cassé. Il ne pourra respirer que par la bouche pendant un moment.

Bo garde les bras serrés autour de mon torse. La respiration haletante, je rugis en regardant l'homme ensanglanté recroquevillé sur lui.

– Ça ne suffit pas, je ricane en me débattant. Je préfère qu'il respire à travers un tube.

Bo me colle une claque sur la poitrine, puis il fait quelques cercles avec sa main pour me calmer.

– Je comprends, dit-il en tapant encore sur mon torse avant d'enfoncer deux doigts au-dessus de mon cœur. Je comprends. Mais le jeu n'en vaut pas la chandelle.

J'entends un sanglot et je tourne brusquement la tête, à la recherche de Sophie.

– So' !

Bo me lâche dès que j'aperçois Royce qui soulève Sophie, un bras passé sous son dos et l'autre sous ses genoux, comme pour la bercer. Il la porte jusqu'au canapé et la serre contre lui, chuchotant des choses à son oreille et caressant ses cheveux.

– Ça va aller, ma puce. C'est fini. Parker s'est occupé de lui. Tu n'as plus rien à craindre maintenant, dit-il d'une voix douce.

Elle tremble et blottit son visage tuméfié dans le creux de son cou.

Je grince des dents en voyant un homme aux cheveux blancs entrer dans la pièce. Il est vêtu d'un costume bleu marine et affiche une ride prononcée sur le front.

– Que se passe-t-il ? Votre assistante m'a demandé de venir immédiatement au siège et voilà que je trouve mon garçon couvert de sang. Expliquez-moi ou j'appelle la police, dit-il, très irrité.

Encore une fois, Bo m'empêche de m'en prendre à Girard père.

– Votre *garçon* vient d'agresser Sophie ! je m'exclame.

L'homme a un mouvement de recul, il fronce les sourcils et regarde à tour de rôle son fils recroquevillé par terre et Sophie, qui le dévisage, le nez en sang, la lèvre et l'œil gauche gonflés.

En voyant son beau visage dans cet état, une colère démesurée monte en moi. Je prends appui sur mes pieds et je serre les poings, prêt à me jeter à nouveau sur le moins-que-rien étalé par terre.

– Calme-toi, mon vieux. Il est déjà par terre et bientôt il aura affaire aux juges, dit Bo.

– Pardon ? Vous prétendez que mon fils vous a attaquée ? Pourquoi aurait-il fait ça ?

Girard père s'exprime d'une voix monotone, dénuée d'émotion.

Sophie se relève, aidée par Royce. Une marque rouge est apparue sur son cou, qui sera sans doute bleue d'ici la tombée de la nuit. Elle parle d'une voix rauque.

– Parce qu'il est viré.

– Pourquoi ?

Le père se précipite sur Sophie, et Roy se place devant elle, le bras tendu. Bo me retient.

– Je vous conseille de reculer. Cette femme vient d'être agressée. Vous pensez vraiment qu'elle a envie qu'un autre homme se jette sur elle ? Non, je ne crois pas. Alors, reculez ! lance Roy d'une voix grave et menaçante.

Monsieur Girard semble comprendre et recule comme Roy l'a demandé.

– Calmez-vous si vous voulez qu'on vous informe de la situation.

L'homme pince les lèvres et hoche une fois la tête.

– Explique-lui, Sophie, dit Roy en faisant un pas de côté sans pour autant s'éloigner.

J'ai vraiment les meilleurs amis du monde.

– Depuis deux ans, votre fils harcèle les femmes de l'entreprise. Une affaire de harcèlement sexuel qui pourrait être jugée devant les tribunaux, ce qui porterait préjudice à votre fils mais aussi au groupe Rolland. Monsieur Moreau a protégé votre fils en pensant vous aider. Il a également été remercié, dit-elle avant de reprendre son souffle et de s'éclaircir la voix. J'ai parlé aux femmes qui ont subi ces violences. L'une d'entre elle a révélé avoir été touchée de façon déplacée. Il suffit d'une accusation de ce genre pour détruire notre entreprise, mais la victime a accepté de ne pas porter plainte contre le groupe ou contre votre fils tant qu'on la laisse tranquille. Je veux être certaine qu'elle ne subira plus jamais ça et que votre fils ne pourra plus blesser des femmes comme il a pu le faire. En revanche, je vais porter plainte contre lui pour son agression.

Le visage de Monsieur Girard pâlit. Il sait très bien qu'un tel scandale pourrait entacher son nom.

– Sophie, nous nous connaissons depuis longtemps. Je suis sûr que nous saurons trouver un accord sans alerter les autorités...

– Non. Votre fils représente une menace pour la société et pour les femmes.

– Je vais régler ce problème, je vous assure. Il sera puni bien plus sévèrement que par la justice. Dites-moi simplement par quel moyen nous pouvons éviter de nous tourner vers les tribunaux et taire tout ceci à la presse.

Sophie affiche une moue de dégoût, puis elle reprend son calme. Je ne la savais pas capable d'une telle maîtrise, surtout après avoir été étranglée et frappée.

– Je vous demande de démissionner de mon conseil d'administration et de me revendre vos parts. Je ne veux plus jamais vous revoir.

– Sophie...

– Voilà le prix à payer pour ne pas faire d'esclandre, dit-elle en le fusillant du regard. Je ne veux plus aucun Girard dans mon entreprise.

– Vous ne pouvez pas me retirer des investissements si durement gagnés...

Elle se raidit.

– C'est pourtant ce que je compte faire. Si vous jurez de me vendre vos parts et démissionnez du conseil, je ne porterai pas plainte. Je souhaite que vous et votre abominable fils disparaissiez de ma vie. Quant à l'arrangement que je vous propose, c'est maintenant ou jamais, dit-elle en se dirigeant vers le téléphone avant de soulever le combiné. Dois-je appeler la police pour porter plainte ou mon avocat pour rédiger les documents nécessaires ? À vous de voir !

À ce moment-là, je comprends que notre mission est terminée. Sophie saura parfaitement mener la direction du groupe Rolland. Ce scénario, des plus difficiles à gérer, a prouvé qu'elle était forte, intelligente et impitoyable. Tout ce qu'il faut pour gérer une entreprise de cette taille et de cette stature. Cependant, je veillerai à ce qu'elle soit toujours accompagnée d'un agent de sécurité pendant les réunions où elle doit annoncer à un homme une nouvelle qu'il ne veut pas entendre, comme un licenciement.

Je me sentirai toujours coupable de ne pas avoir pu la protéger à temps. Si j'avais su qu'il se montrerait violent, je serais resté près d'elle, pas assis sur le canapé à l'autre bout de la pièce pour consulter mes mails. Je prends une courte inspiration ; Bo me donne une claque dans le dos. Du bout du pied, il secoue le type étendu par terre.

– Tu fais le mort ? demande-t-il en lui touchant la jambe sans le blesser, juste pour attirer son attention.

Ce dernier pousse des grognements et se recroqueville de plus belle.

– Il est encore vivant.

– Laissez mon fils tranquille. Vous l'avez assez malmené comme ça ! dit Girard père en me fusillant du regard.

– Ce n'est rien comparé à ce qu'il a fait Sophie. Il l'a étranglée, frappée plusieurs fois et a cogné sa tête contre le mur !

Girard père ferme les yeux.

– Je suis désolé, Sophie. Un homme n'a pas le droit de poser les mains de cette façon sur une femme.

Royce décide d'intervenir :

– Sans blague. Bon, vous vous décidez à céder vos parts ou pas ? Il est temps de prendre une décision, je commence à en avoir marre.

– *Oui**. J'accepte de les céder, dit-il, déconfit, les épaules affaissées.

– Je vais demander à mon avocat de préparer tous les papiers nécessaires et je vous appelle demain matin, confirme Sophie.

– Très bien. Puis-je à présent emmener mon fils à l'hôpital ?

Il me regarde droit dans les yeux, puis croise le regard de Royce qui lui fait beaucoup plus peur. Même si c'est moi qui ai frappé son fils, Royce peut parfois se montrer redoutable. Là, il semble prêt pour un match de boxe.

– Comme vous voulez. Mais à votre place, vu ce qu'il a fait, je le laisserais souffrir un peu. Ça lui servira de leçon.

Roy glisse ses mains dans ses poches et baisse les yeux sur la forme humaine que j'ai tabassée. Monsieur Girard se rapproche de son fils. Bo l'aide à le soulever en le tenant par l'autre bras pour le mettre debout.

– Laissez-moi vous aider à sortir la poubelle, fait-il en souriant, sans se soucier de rester courtois.

– Au revoir, Monsieur Girard, dit Sophie en le raccompagnant à la porte.

Elle l'observe sortir à jamais de sa vie, puis je lui ouvre mes bras et elle se blottit contre moi.

CHAPITRE 10

Debout devant le miroir, j'observe Sophie dans le reflet. Les bleus se sont presque entièrement estompés sur son visage.

– Même si tu vas mieux, So', je suis encore tellement navré de ne pas avoir pu te protéger.

Je la serre dans mes bras en me plaçant derrière elle et l'embrasse dans le cou pendant qu'elle se prépare à aller au lit.

Une semaine s'est écoulée et j'ai passé toutes les nuits dans son lit. Nous avons fait l'amour un nombre incalculable de fois, renforçant ainsi le lien qui nous unit et profitant, tout simplement, d'être ensemble. Je n'avais encore jamais eu d'amie comme Sophie. Elle est douce, gentille, généreuse, en plus d'être un très bon coup. Elle ne se prive pas d'utiliser sa bouche et, comme moi, elle adore faire l'amour.

Royce a travaillé à ses côtés dans l'entreprise afin d'évaluer chaque service et s'assurer qu'elle est vraiment prête à tout mener de front.

De son côté, Bo a réapprovisionné sa garde-robe en plus d'organiser plusieurs leçons de maquillage avec un professionnel. À présent, elle sait accorder bijoux, tenue et chaussures en fonction des occasions. Bo en a aussi profité pour passer presque chaque nuit de notre séjour parisien avec une *poulette* différente. Il trouve les Françaises douces et jolies. Je partage son avis.

Demain, c'est le départ. Nous retournons aux États-Unis.

– Tu es triste ?

Sophie se tourne vers moi et glisse ses bras autour de mon cou.

– Je ne pensais pas me sentir aussi chagriné. Je suis toujours content de rentrer chez moi après une mission, surtout quand le déplacement dure plusieurs semaines, mais...

Elle sourit.

– Je vais te manquer.

C'est dit. En plus d'être douce, Sophie a souvent raison.

– Oui, So'. Tu vas me manquer.

Elle passe sa main dans mes cheveux, écartant les mèches qui retombent sur mon front.

– Toi aussi, tu vas me manquer, dit-elle en faisant glisser sa main le long de mon torse avant de la poser sur mon entrejambe. Surtout ça, *chéri**.

J'éclate de rire en rapprochant mon front du sien et elle lâche mon membre qui durcit déjà. Je me penche pour l'embrasser dans le cou et respirer sa délicieuse odeur. J'essaie de la garder en mémoire pour toujours.

– Tu aimes beaucoup mon odeur, *n'est-ce pas** ?

– Tu le vois bien, *ma chérie**. Elle me rend dingue.

Surtout depuis que je l'embrasse systématiquement dans le creux du cou quand nous nous réveillons et avant de nous endormir dans son lit.

Dans son regard luit une étincelle. Un grand sourire aux lèvres, elle me repousse et s'éloigne. Je fronce alors les sourcils.

– J'aimais bien te sentir tout près de moi, dis-je en faisant la tête.

Elle rit et part en courant dans sa chambre. J'observe ses fesses qui remuent dans le petit short rose pâle de l'ensemble en satin que je lui ai offert. Elle s'empare de quelque chose dans sa commode et revient dans la salle de bains.

– Prends ça avec toi, dit-elle en me tendant un petit flacon, c'est mon parfum. Il est unique, je le fabrique moi-même au laboratoire. Il n'est pas à vendre, tu ne le trouveras nulle part. Mais quand je te manquerai, chaque fois que tu repenseras à ton amie de Paris, il te suffira de le respirer.

Je tiens dans mes mains le petit flacon doré en forme de cœur, pas plus gros qu'une balle de golf. Je soulève le capuchon et approche le parfum de mon nez. Son odeur me chatouille les narines et je souris.

– *Merci beaucoup**.

Elle me répond par un grand sourire et m'embrasse. Je repose précautionneusement le flacon sur le comptoir de la salle de bains et la serre dans mes bras. Nos souffles haletants, je sens que mon sexe se dresse contre son ventre. Je caresse ses tétons puis je recule.

– Et toi, quel souvenir veux-tu garder de moi ? je demande.

– Encore une dizaine d'orgasmes de plus, et on sera quittes.

Dès que j'entends le mot *orgasme,* je sens des palpitations au niveau de mon entrejambe. Mon caleçon me paraît soudain trop serré, je veux l'enlever.

– Je dirais plutôt six… Tu m'en demandes trop, *ma chérie**.

Elle hausse les épaules.

– Ce parfum coûte très cher. Tu me dois au moins ça.

La douce Sophie ne se montre plus aussi timide qu'avant. Au contraire, la fille qui se tient devant moi est forte et sûre d'elle. Elle sait ce qu'elle veut au lit. J'aime ça. J'adore cette fille.

Je caresse ses fesses par-dessus le tissu en soie et commence à la pousser vers son lit.

– Alors, pas de temps à perdre.

Comme lors de notre première fois, je la porte dans mes bras et la dépose sur son lit, subjugué par ses cris de plaisir.

Une fois nos ébats terminés, je la serre dans mes bras, son buste nu contre ma peau et ses jambes enchevêtrées dans les miennes.

– Satisfaite du service ? je demande sur le ton de la rigolade.

J'essaie de détendre l'atmosphère, même si je sais que ce qui nous attend ne sera pas facile. D'ici quelques heures, au réveil, je devrai la quitter. Cependant, comme elle débourse un demi-million pour cette mission, je veux aussi m'assurer que ce qu'elle a vécu avec moi et l'intervention *d'International Guy* ne l'ont pas déçue.

Sophie est intelligente, elle saisit tout de suite.

– J'ai déjà recommandé vos prestations à plusieurs partenaires commerciales. Donc, *oui**, le service est très satisfaisant.

– C'est bon à savoir. Est-ce que ça valait le coup d'entretenir un rapport plus intime avec moi ? je demande, et je ne reconnais pas ma voix, me voilà submergé par l'émotion.

Quand tout a commencé entre nous, je n'imaginais pas une seule seconde que je me sentirais aussi attaché à elle. Loin de moi l'envie de tout laisser tomber, de me marier et d'avoir des enfants avec elle, mais j'ai vraiment envie de continuer cette relation, sur un autre plan.

Conserver une amitié.

Avec une fille.

Avec elle.

Sophie.

Elle me serre contre elle.

– Peu importe ce que tu as pu penser en me rencontrant ou ce que j'avais en tête quand je t'ai engagé, Parker. Les choses ont évolué. Tu m'as offert bien plus que la confiance et les outils dont j'avais besoin pour gérer mon entreprise. Tous les trois, vous m'avez transformée. Grâce à vous, je suis fière de la femme que je suis devenue.

Je la serre encore plus fort et enfouis ma tête dans sa chevelure ébouriffée par nos cabrioles.

– Je ressens beaucoup d'affection pour toi, Parker. Je te considère vraiment comme un ami. Je veux que tu sois heureux, que tu trouves la fille qui pourra t'offrir le bonheur que tu mérites. Et je me souhaite la même chose, avec un homme que je rencontrerai un jour. Ça ne change pas le fait que tu es devenu mon meilleur ami et que je t'aime comme si tu faisais partie de ma famille, une famille que je n'ai plus. Je veux conserver pour toujours ton amitié. Ne va pas croire qu'après ton départ, tu n'entendras plus parler de moi. Je t'appellerai souvent et tu as intérêt à faire pareil. L'amitié, c'est comme un compte en banque. Il faut l'entretenir pour ne pas faire faillite. À moins que ce ne soit pas ce que tu souhaites ?

Elle soulève la tête et pose sa main sur mon torse pour me regarder dans les yeux.

– Moi aussi je t'aime, Sophie. Comme une amie. Et je veux que ça continue ainsi.

Elle pose ses lèvres sur les miennes.

– Tant mieux. Mais c'est la dernière fois que nous couchons ensemble. À partir de demain, je ne serai plus ton plan cul. Je serai juste ta Sophie.

J'esquisse un grand sourire en la serrant fort et lui rends son baiser.

– À notre dernière fois...

♦ ♦ ♦

Mon téléphone vibre dans la salle de bains. Je termine mon nœud de cravate et jette un coup d'œil à l'écran.

De : *Money Maker*
À : Parker Ellis
Je t'attends en bas dans la voiture. Dis au revoir de notre part à la jolie Sophie.

Le message de Roy me déstabilise. Je me penche vers le miroir, les épaules tendues, l'esprit en vrac, et je regarde mon visage. Mes cheveux châtains ont vraiment besoin d'une bonne coupe ; mes yeux bleus sont creusés de cernes à cause du manque de sommeil. J'ai aussi la barbe qui a bien poussé, n'ayant pas pris la peine de me raser. Je n'ai pas voulu me retrouver une seule seconde loin de So'. J'avais besoin de passer le maximum de temps avec elle afin de pouvoir la quitter pour de bon.

J'ouvre un tiroir et sors le rouge à lèvres *Viva Glam* que je lui ai acheté. Je me souviens de la première fois où je l'ai appliqué sur ses belles lèvres. C'était magnifique. Esquissant un sourire, j'ôte le capuchon avant de me tourner vers le miroir et d'appuyer suffisamment fort pour laisser une marque sur la surface. Je veux que ma nouvelle meilleure amie se souvienne de moi.

Tu es fantastique, ma chérie.

Love, Parker.

Une fois terminé, je jette le tube abîmé dans la poubelle. Il lui en reste encore deux. J'attrape le flacon qui contient son parfum si spécial. Soulevant les manches de ma chemise, je pulvérise la fragrance sur mes poignets puis je le range en sécurité dans la poche avant de ma veste. Son odeur sucrée et épicée flotte dans les airs. Je me sens heureux et confiant ; je sais que j'ai une amie pour la vie. Même si un océan nous sépare, Sophie est une femme de parole et je ne laisserai pas la distance altérer cette nouvelle amitié.

J'attrape mon bagage à main et je retourne sur la pointe des pieds dans la chambre. Sophie est toute nue, elle dort sur le côté, ses longs cheveux châtain étalés derrière elle. Le drap recouvre ses seins, mais son dos est découvert. Elle ressemble à un ange. Je sors mon téléphone et prends en douce une photo de sa beauté au naturel. Je me dirige ensuite vers le lit, je m'assieds à côté d'elle et fais glisser mes doigts sur son bras, de son épaule à sa main que je serre. Elle ouvre à demi les yeux et me sourit tendrement.

– C'est l'heure des adieux ? dit-elle d'une voix encore baignée de sommeil.

Je hoche la tête.

– Oui, c'est le moment de nous dire adieu.

Elle se relève, laissant retomber le drap jusqu'à sa taille, et elle me prend dans ses bras.

– Bon voyage. Préviens-moi quand tu seras arrivé.

La tête dans le creux de son cou, je respire son odeur, encore meilleure sur sa peau. Je fais le plein pour en emporter le plus possible avec moi.

– Oui, Maman.

Elle rit et dépose un baiser dans mon cou avant de prendre ma tête entre ses mains.

– Amis pour la vie.

Ses paroles font naître en moi de l'espoir, de la confiance et de l'amour.

Je garde mon front pressé contre le sien.

– Amis pour la vie, So'.

– Bon, Park...

Elle me donne le même petit nom que les gars, puis elle m'embrasse sur les joues cette fois, *pas* sur les lèvres. Ce geste significatif ne m'échappe pas. Désormais, nous sommes amis et plus amants.

– *Au revoir**.

Au lieu de l'embrasser sur les lèvres, je dépose un baiser sur son front.

– Adieu.

Sur ce, je me relève et sors de sa chambre, sans regarder derrière moi.

Je n'aime pas les adieux, même dans de si bonnes conditions.

◆ ◆ ◆

Je suis en train d'avaler une gorgée de bière bien fraîche quand mon père pose tout à coup sa main sur mon épaule.

– Ça fait plaisir de vous voir de retour à la maison, les gars. Le voyage s'est bien passé ? demande-t-il.

Ça fait déjà plusieurs jours que nous sommes rentrés et mon père semble content de nous voir. C'est ce qu'il a dit quand nous avons passé la porte du bar.

Roy lui répond, un grand sourire aux lèvres.

– « Nous aurons toujours Paris. »

Je n'aurais jamais pensé que Roy, grand mec viril, cite un jour la célèbre réplique du film *Casablanca.*

Je lui lance une cacahouète, mais il est trop rapide et il la dégage de la main en affichant un air de défiance.

– Paris, c'était génial. Là-bas, les filles ont... dit Bo en secouant la tête et en se grattant le bouc... de l'expérience. J'ai hâte d'y retourner.

Puis il lève sa bière et boit une longue gorgée.

J'éclate alors de rire.

– Mais tu as déjà couché avec tout Paris, mec !

Il m'adresse un sourire narquois.

– Je sais, mais j'adore remettre le couvert.

Roy sourit à son tour en secouant la tête.

– Un jour, ta libido va t'attirer des problèmes. Je plains les femmes qui tombent sur toi.

– Il me faut un shot de tequila pour avoir cette conversation, intervient mon père en déposant son torchon sur son épaule.

Il tape des mains sur la table, puis il repart derrière le bar.

Je regarde autour de moi et remarque tous les petits détails qui font que je me sens chez moi dans ce bar. Presque plus que dans mon appartement.

– À quoi tu penses ? demande Roy. Elle te manque ?

Je pousse un soupir.

– Oui et non. On s'est dit adieu et on a décidé de rester amis.

– Toi, ami avec une *poulette* ? s'exclame Bo en écarquillant les yeux. Je n'y crois pas une seconde, mec ! L'amitié n'est pas compatible avec les filles. C'est comme l'eau et l'huile.

– Non, c'est plutôt toi qui n'es pas compatible avec les filles. Sophie est sympa. D'ailleurs, on passe d'aussi bons moments quand on traîne ensemble que quand on fait l'amour, dis-je en souriant. Je me souviens de notre dernière fois, quand je l'ai sauvagement prise par-derrière, qu'elle avait la main entre ses jambes et moi, les mains sur ses fesses. Je reconnais que le sexe était incroyable avec elle.

– Tu n'es pas tombé amoureux ? demande Roy, sans tourner autour du pot.

Je secoue négativement la tête.

– On a créé des liens très forts, on a pris notre pied, mais c'est tout. Je lui avais déjà fait part de ma position. Ça reste sans lendemain. Elle doit se concentrer sur son travail, elle aime ce qu'elle fait. Tout va bien, nous avons véritablement développé une amitié. D'ailleurs, je la place au rang de mes meilleurs amis.

Bo tourne brusquement la tête vers moi.

– T'es sérieux ?

– Oui, c'est absolument génial. Je n'avais encore jamais vécu d'amitié avec une fille. C'est différent, mais j'aime ça. Ça donne une perspective unique sur certaines situations. Les femmes sont tellement différentes quand il est question d'émotions et de sincérité. Je peux compter sur elle, et elle sur moi.

Roy acquiesce.

– Je vois. Enfin, je savais qu'elle te plaisait et je voyais bien que votre relation allait durer.

– C'était réciproque, j'ajoute en prenant une autre gorgée de ma bière.

– C'est quoi la prochaine étape ? demande Bo. On va où ?

J'ouvre mon calendrier sur mon smartphone, et mes mains tremblent légèrement. Ils ne vont pas en croire leurs oreilles quand je vais leur révéler l'identité de notre prochaine cliente. Je n'arrive d'ailleurs toujours pas à y croire. Afin d'aborder avec efficacité les différents dossiers à l'ordre du jour – parce que si je leur annonce tout de suite qui elle est, on ne s'en sortira jamais –, je commence par un sujet facile à aborder.

– D'abord, nous devons faire passer des entretiens aux cinq candidats retenus par André pour le poste d'assistant.

Royce hoche la tête en sirotant son whisky. Bo me lance un regard noir et marmonne dans sa barbe.

– Je propose que ce soit toi qui t'en charges, j'ajoute en le pointant du doigt d'un air accusateur.

– Écoute... J'accepte de rencontrer le candidat que tu auras sélectionné mais c'est tout, rétorque Bo en prenant un bretzel.

Gérer une entreprise à trois implique de faire des concessions. Bo n'est visiblement pas intéressé par ce recrutement et il n'est pas obligé de s'en occuper. Je peux choisir le candidat et il devra accepter ce que je décide. Pour l'instant, je laisse faire. Le jour où une tâche que je ne souhaite pas accomplir se présentera, il me revaudra ça.

– D'accord.

– Merci.

Il boit sa bière d'une traite.

– Sinon, j'ai reçu un mail très alléchant pour une nouvelle mission.

Je suis surpris de voir que je réussis à garder mon calme et à parler d'une voix neutre.

– Ah bon ? demande Royce tandis que Bo se penche en avant.

– De la part d'un agent, je réponds en me raclant la gorge.

– Quel genre d'agent ? demande Bo.

– Le genre d'agent qui s'occupe de grandes stars du cinéma.

Je fais tournoyer un dessous de verre avec mes doigts.

– Une grande star ? demande Roy en haussant les sourcils.

Je pince les lèvres.

– L'agent de Skyler Paige a besoin de notre aide pour une mission spéciale.

– Skyler Paige ? Tu te fous de nous ! s'exclame Bo en renversant le bol de bretzels qui volent dans les airs avant de s'écraser par terre.

– Je vais chercher le balai, lance mon père depuis le bar.

– Merci ! répond Bo.

– Waouh ! Skyler Paige... C'est le gros lot ! Et puis elle te fait craquer depuis des lustres, dit Roy en prenant une gorgée de son verre, un grand sourire aux lèvres.

Je le regarde de biais.

– Ne t'avise pas de te moquer de moi. Si c'était l'agent de Halle Berry qui nous appelait pour qu'on travaille pour elle, je suis sûr que tu péterais les plombs et chialerais comme un môme !

Royce se met à rire.

– N'importe quoi ! Je tomberais à genoux et je remercierais le Ciel. Puis je ferais tout pour l'épouser. Ce serait le plus beau jour de ma vie.

J'éclate de rire. Royce et moi énumérons ensuite ce qui nous fait respectivement craquer chez Skyler Paige et Halle Berry, puis Bo se joint à la conversation.

– Pourquoi une fille qui a déjà tout, la célébrité, la fortune et la beauté, aurait besoin de nous ? demande-t-il en fronçant les sourcils.

– Surtout depuis qu'elle a gagné plus de cent millions de dollars avec son dernier film ! dis-je en secouant la tête – merci Google. Je ne le sais pas encore. J'ai rendez-vous avec son agent.

– Ici ? À Boston ? demande encore Roy.

– Je ne sais pas encore. Peut-être à New York. C'est là que Miss Paige a établi sa résidence principale. Apparemment, la discrétion de cette mission doit être maximale.

Bo pose un bras sur le dossier de la banquette.

– Skyler Paige. Elle est sublime, bien foutue, et elle a du talent. J'ai vu tous ses films.

Je le dévisage.

– Elle fait surtout des comédies sentimentales.

– Oui… et alors ? Quand une fille qui me plaît veut voir une comédie romantique, j'accepte de regarder le film avec elle. Comme ça, je commence plus rapidement les préliminaires. C'est pratique, une salle de cinéma plongée dans le noir, lance-t-il en faisant une grimace.

Bo ne cessera jamais de me surprendre.

Mais au lieu de renchérir sur ce qu'il vient de dire, je poursuis.

– Tout ce que je sais, c'est que son agent a besoin des services d'*IG*.

– Comment a-t-il eu vent de nous ? demande Roy.

J'esquisse un grand sourire.

– Grâce à Sophie.

– Elle nous recommande déjà ? Tu as dû beaucoup la satisfaire, me complimente Royce.

Je ne peux pas dire le contraire !

– Sophie a des contacts très influents dans l'industrie cosmétique, dont Miss Paige qui vient de signer une collaboration pour un parfum avec le groupe Rolland. Elle a dû faire l'éloge de notre prestation à son agent. Je n'ai aucune idée de ce dont a besoin Skyler Paige. En tout cas, un rendez-vous avec elle ne se refuse pas.

– C'est sûr, dit Bo en souriant de toutes ses dents. J'adorerais la rencontrer.

Je secoue la tête ; mes poils se hérissent déjà. *Elle est à moi.* J'y pense, mais je ne le dis pas. Les gars savent que c'est ma star préférée.

– Hors de question que tu t'approches d'elle tant qu'on ne sait pas ce qu'elle veut de nous. Même quand ça se précisera, tu devras garder tes distances. Comme Sophie, Skyler n'est pas une de tes *poulettes*. C'est une cliente. Une cliente très importante qui a besoin de nous.

Il se met à grogner dans sa barbe, mais je l'entends quand même.

– Je vois. Toi tu as le droit de te les taper, mais pas moi.

– C'est vrai. Mais au bout du compte, Sophie a-t-elle été bouleversée par mon départ ? je demande et attends que Bo comprenne le fond de ma pensée. Non ! Est-ce qu'elle en veut à *International Guy* ? j'ajoute en lui lançant un regard noir.

– C'est bon, j'ai pigé, lance Bo en secouant une main en l'air.

Il sait très bien qu'il n'a pas la meilleure des réputations quand il s'agit de mêler plaisir et travail. Mais en général, il finit toujours par retomber sur ses pattes.

– Quand a lieu le rendez-vous ? demande Roy au moment où mon père arrive avec un balai et le plateau de notre deuxième tournée : du whisky pour Roy, une pinte pour moi et une bière en bouteille pour Bo.

Mon père dépose nos boissons et Bo se lève d'un bond.

– C'est à moi qu'il revient de nettoyer, dit-il en prenant le balai à mon père qui en profite pour s'éloigner.

– À la fin de la semaine, je réponds à Roy. Je vous tiendrai au courant. Entre-temps, nous pouvons nous occuper d'autres dossiers. Je propose que nous analysions les demandes en cours et que nous organisions les entretiens pour les cinq candidats.

– Moi, je propose qu'on décompresse maintenant, dit Roy en s'adossant à la banquette avant de prendre une gorgée de son whisky.

Il ferme les yeux et une vague de sérénité et de joie semble monter en lui.

– Alors, levons nos verres, dis-je en soulevant le mien.

Roy ouvre les yeux et place son verre à côté du mien. Bo repose le balai, attrape sa bière fraîche pour trinquer.

– À notre nouvelle cliente. Je vais bientôt pouvoir m'offrir ma petite chérie métallisée, dit Royce qui rêve encore de sa Porsche 911.

Moi, je bois à la santé de Skyler Paige, ajoute Bo.

Je reste impassible, même si ça m'énerve. Rien que l'entendre prononcer son nom me fait grincer des dents.

– À un succès de plus avec mes frères, dis-je en faisant tinter nos verres.

Nous voilà redevenus ce que nous sommes avant tout : des frères.

– À *IG* ! ajoutent Roy et Bo en chœur.

– Et comment ! À *International Guy* !

SKYLER

– Debout ! Cette fois, tu n'y échapperas pas, Skyler !

La voix stridente de Tracey me perce les tympans. Je tire sur la couverture et enfouis ma tête sous l'oreiller pour couvrir le niveau des décibels.

– Bon sang, Skyler !

C'est la dernière chose que j'entends avant que la couette qui recouvrait mon corps nu ne soit arrachée. La climatisation de la pièce me donne la chair de poule sur les bras, les jambes et le dos. J'aime quand il fait froid. Le froid glacial me rappelle que je suis vivante, alors que, dans ma vie, si peu de choses me donnent cette impression.

Furieuse, je fais semblant de dormir, même si elle sait très bien que ce n'est pas le cas. En plus d'être mon agent casse-bonbons, Tracey est ma meilleure amie depuis l'école primaire. Alors que je me lançais la tête la première dans des cours de théâtre et d'art dramatique ici, à New York, Tracey triomphait dans des études de gestion d'entreprise, sortant major de sa promo. Moi, j'ai peiné à être diplômée. Entre les séances photos, les tournages de publicités, mes apparitions à la télé et les petits rôles obtenus au cinéma, j'ai presque dû pleurer pour obtenir ma licence.

Mais les profs étaient toujours sympas avec moi. Ils n'en revenaient pas d'avoir une étudiante qui travaillait dans l'industrie du spectacle. Après de nombreux rattrapages pour les examens et pléthore de délais pour rendre mes devoirs, j'ai fini par avoir ma licence en sciences humaines. Et ce n'est pas rien. C'est même le bout de papier qui m'est le plus cher.

La vie était tellement simple avant d'avoir du succès. Mon truc, c'était d'être actrice, par amour pour les histoires. J'étais tellement douée pour me mettre dans la peau d'un personnage, en puisant au plus profond de moi pour donner vie à mon rôle à l'écran et apporter toujours des nuances.

Maintenant, tout ce qui compte, c'est de savoir de quelle nuance est mon blond, si mes dents sont assez blanches, si j'ai pris du poids, si je peux en perdre, si je porte des créateurs, si le mec avec qui je sors me trompe. Ah ça, ils me trompent toujours. Selon ce que dit la presse.

Je n'ai pas eu de véritable copain ou d'homme dans ma vie depuis la fac. Quelques relations destructrices m'ont servi de leçon. Il suffit que je me confie à un garçon pour qu'il se tourne vers le plus offrant pour revendre mes secrets. Eh bien, non. J'en ai assez des mensonges. J'ai donc fait une croix sur les hommes.

Évidemment, le sexe me manque. Je ne saurais dire à quand remonte mon dernier orgasme non solitaire. Franchement, je ne me souviens même plus de la dernière fois que je me suis masturbée. À quoi bon ? C'est toujours rapide, dénué de sens et creux. Comme ma vie.

Je sens une claque sur mes fesses par-dessus ma culotte. La douleur se répercute dans mon corps comme un coup de tonnerre. Je me lève d'un bond.

– Aïe ! Je rêve ou tu viens de me donner une fessée ? je hurle en passant ma main sur mes fesses endolories.

Tracey pointe son doigt manucuré sur moi. Elle a attaché ses cheveux châtain miel dans une queue-de-cheval serrée et affiche une expression plutôt sévère.

– Tant que tu te comporteras comme une gamine, je te traiterai comme telle. Maintenant sors de ce lit et habille-toi. Ton shooting pour Versace a lieu dans... (elle remonte la manche de son blazer et jette un coup d'œil à sa Rolex) deux heures.

Je secoue la tête, attrape un coussin et le place devant moi. Elle m'a déjà vue toute nue, mais c'est bizarre d'avoir une conversation avec une personne en costume quand on ne porte qu'une culotte.

– Je ne veux pas y aller, Trace. Je...

Les mots restent suspendus. J'ai mal au ventre rien que d'imaginer devoir encore passer pour une fille parfaite pour un shooting à la con. Je ne suis pas cette fille-là. Je ne le serai jamais.

– Je ne peux pas, je murmure. Annule-le et demande-leur de trouver quelqu'un d'autre.

Tracey pose ses mains sur ses hanches.

– Skyler, je pensais que ta période de déprime était passée. D'habitude, il te suffit de deux semaines entre les tournages et les shootings pour te remettre sur pied, dit-elle d'une voix plus douce. Je m'inquiète pour toi, Birdie.

Birdie.

Mon surnom depuis l'enfance. Les oiseaux volent dans le ciel et moi, j'ai toujours eu la tête dans les nuages. J'ai besoin de sentir le vent sous mes ailes pour me sentir libre. Et puis, en parlant de ciel, mon prénom résume tout.

– Écoute, Flower, je ne peux vraiment pas le faire. Je ne sais même pas si je vais pouvoir un jour m'y remettre.

Elle pince brusquement les lèvres en entendant le surnom de son enfance. *Flower,* parce qu'elle a les pieds sur terre. Nous n'utilisons pas souvent ces surnoms. En général, ils surgissent quand on a besoin de se rappeler qu'on est entre nous. Sky et Trace. Pas la *it girl* la plus convoitée d'Hollywood ou la patronne de la plus grande agence artistique de New York. Juste nous. Birdie et Flower.

Tracey s'assied sur le lit et me prend la main.

– Tu sais que ce sont des choses qui arrivent dans ton métier. Ça s'appelle un burn out.

Je me mordille les lèvres et passe ma main dans mes cheveux blonds et ondulés, tout ébouriffés de n'avoir cessé de tourner toute la nuit dans mon lit. Je manque de sommeil ces temps-ci. Voilà pourquoi elle me réveille souvent à midi. Je fais comme je peux pour dormir, refusant de prendre des médicaments. Je ne veux surtout pas vivre dans un monde encore plus maussade que ce qu'il est déjà.

– Trace, je crois que je n'ai plus la force. L'enthousiasme que je ressentais pour un nouveau rôle, pour un nouveau scénario... tout s'est évaporé. Pouf ! Je ne sais vraiment pas où toute cette énergie est passée ni comment la retrouver. Tout ce que je sais, c'est qu'elle n'est plus là. L'envie de jouer m'a quittée, dis-je les larmes aux yeux.

Ma meilleure amie me serre la main pour me réconforter.

– Ça reviendra, je te le promets. Ça a toujours été ton rêve. Et il s'est réalisé.

Je fais la grimace.

– Tu es sûre ? Tous ces interviews avec des journalistes à qui je raconte des mensonges ? Toutes ces conneries que mon attaché de presse me demande de dire pour qu'un film fasse un maximum d'entrées au box-office ou pour que mes fans continuent à s'intéresser à moi ?

– Tes fans t'adorent.

– Moi aussi je les adore. Mais ils ne me connaissent pas. Ils ne savent pas qui je suis vraiment, dis-je en tapant l'oreiller sur ma poitrine.

Tracey a l'obligeance de poser le regard sur ses cuisses. Le dos courbé et la tête baissée, sa posture laisse transparaître une pointe de honte et culpabilité.

– Peut-être, mais ton travail consiste justement à entretenir cette illusion. Tu leur donnes de l'espoir, tous ces gens t'admirent.

Je pousse un soupir.

– Parce que je fais des photos, toujours plus de photos. Et que je ne mange presque rien. L'autre jour, je suis montée sur la balance et j'ai failli me faire vomir parce que j'avais pris un kilo et demi. Un kilo et demi, tu te rends compte ! Et la sensation d'avoir été fusillée. Du coup, j'ai fait deux heures de vélo elliptique. Puis j'ai soulevé du poids jusqu'à ne plus sentir mes bras. Ce n'est pas normal ! Et ce n'est pas sain !

J'appuie mes mains sur mes tempes. Un mal de tête menace d'exploser.

– Skyler, je déteste devoir te dire ça, parce que je t'aime très fort. Mais je suis aussi ton agent. Tu as signé des contrats pour deux films cette année. Un qui commence à New York dans six semaines, juste avant ton départ pour Milan. Je peux annuler le contrat avec Versace, le shooting pour Wonderbra et même la campagne pour le parfum du groupe Rolland. Je peux te donner plus de temps pour te reposer.

– Merci...

Elle soupire.

– Ne me remercie pas tout de suite. Tu es obligée d'honorer les contrats de ces deux films. Alors, d'ici le début du prochain tournage, il va falloir que tu retrouves toute ton énergie.

Je me sens parcourue d'un frisson.

– Et si je n'y arrivais pas ? je chuchote.

Ma voix rend manifeste mon tourment intérieur. Je n'avais pas ressenti ça depuis la mort de mes parents, il y a quelques années, dans un accident en mer. « *Un voyage inoubliable* », avaient-ils dit avant de me dire au revoir depuis le pont de leur yacht. Ils partaient faire un tour du monde pour profiter pleinement de la cinquantaine. Ils n'avaient pas fait longue route avant de...

– Je vais te trouver de l'aide, déclare Tracey, me tirant de mes pensées.

Je fronce les sourcils.

– Quel genre d'aide ?

Tracey prend une longue inspiration, puis elle se redresse et me regarde droit dans les yeux.

– J'ai entendu parler d'une entreprise, *International Guy,* qui vient en aide aux femmes d'influence.

Je ne résiste pas à l'envie d'éclater de rire. Ma voix retentit dans la pièce jusqu'alors plongée dans le silence. Vivre dans un penthouse au quatrième étage d'un immeuble new-yorkais, avec vue sur Central Park, offre de nombreux avantages. Le calme en fait partie. Dieu merci.

– *International Guy* ! On dirait le nom d'un parfum pour homme, dis-je en ricanant.

Tracey sourit.

– J'ai eu de très bons retours sur les services et les méthodes de travail plutôt inhabituels de cette entreprise. J'envisage d'engager leur équipe.

Je m'adosse à la tête de lit et serre le coussin contre moi.

– Et qu'est-ce qu'ils pourraient bien faire pour moi ?

D'abord, son joli visage n'affiche rien de spécial, puis un sourire impertinent s'y dessine.

– Ils pourraient faire renaître de ses cendres l'égérie qui sommeille en toi.

À SUIVRE...

INTERNATIONAL GUY

UN HOMME AU SERVICE DES FEMMES

#1 PARIS, juillet 2018

#2 NEW YORK, juillet 2018

#3 COPENHAGUE, août 2018

#4 MILAN, septembre 2018

#5 SAN FRANCISCO, octobre 2018

#6 MONTRÉAL, novembre 2018

#7 LONDRES, décembre 2018

#8 BERLIN, janvier 2019

#9 WASHINGTON DC, février 2019

#10 MADRID, mars 2019

#11 RIO DE JANEIRO, avril 2019

#12 LOS ANGELES, mai 2019

Retrouvez l'univers de Wonderbra sur :
www.wonderbra.eu